共和国故事

人民卫士

——全国广泛开展向任长霞学习活动

李静轩　编写

吉林出版集团股份有限公司

图书在版编目（CIP）数据

人民卫士：全国广泛开展向任长霞学习活动/李静轩编. ——

长春：吉林出版集团股份有限公司，2009.12

（共和国故事）

ISBN 978-7-5463-1922-3

Ⅰ．①人…　Ⅱ．①李…　Ⅲ．①纪实文学－中国－当代　Ⅳ．①I25

中国版本图书馆 CIP 数据核字（2009）第 237748 号

人民卫士——全国广泛开展向任长霞学习活动

RENMIN WEISHI　　QUANGUO GUANGFAN KAIZHAN XIANG REN CHANGXIA XUEXI HUODONG

编写　李静轩

责任编辑　祖航　宋巧玲

出版发行　吉林出版集团股份有限公司

印刷　三河市嵩川印刷有限公司

版次　2010 年 1 月第 1 版　　　　2022 年 1 月第 9 次印刷

开本　710mm×1000mm　1/16　　印张　8　字数　69 千

书号　ISBN 978-7-5463-1922-3　　定价　29.80 元

社址　吉林省长春市福祉大路 5788 号

电话　0431－81629968

电子邮箱　tuzi8818@126.com

前　言

　　自 1949 年 10 月 1 日中华人民共和国成立至今,新中国已走过了 60 年的风雨历程。历史是一面镜子,我们可以从多视角、多侧面对其进行解读。然而有一点是可以肯定的,那就是,半个多世纪以来,在中国共产党的领导下,中国的政治、经济、军事、外交、文化、教育、科技、社会、民生等领域,都发生了深刻的变化,中国人民站起来了,中华民族已屹立于世界民族之林。

　　60 年是短暂的,但这 60 年带给中国的却是极不平凡的。60 年的神州大地经历了沧桑巨变。从开国大典到 60 年国庆盛典,从经济战线上的三大战役到经济总量居世界第三位,从对农业、手工业、资本主义工商业的三大改造到社会主义市场经济体制的基本确立,从宜将剩勇追穷寇到建立了强大的国防军,从废除一切不平等条约到独立自主的和平外交政策,从"双百"方针到体制改革后的文化事业欣欣向荣,从扫除文盲到实施科教兴国战略建设新型国家,从翻身解放到实现小康社会,凡此种种,中国人民在每个领域无不留下发展的足迹,写就不朽的诗篇。

　　60 年的时间在历史的长河中可谓沧海一粟。其间究竟发生了些什么,怎样发生的,过程怎样,结果如何,却非人人都清楚知道的。对此,亲身经历者或可鲜活如昨,但对后来者来说却可能只是一个概念，对某段历史的记忆影像或不存在，或是模糊的。基于此，为了让年轻人，特别是青少年永远铭记共和国这段不朽的历史，我们推出了这套《共和国故事》。

《共和国故事》虽为故事，但却与戏说无关，我们不过是想借助通俗、富于感染力的文字记录这段历史。在丛书的谋篇布局上，我们尽量选取各个时代具有代表性或深具普遍意义的若干事件加以叙述，使其能反映共和国发展的全景和脉络。为了使题目的设置不至于因大而空，我们着眼于每一重大历史事件的缘起、过程、结局、时间、地点、人物等，抓住点滴和些许小事，力求通透。

历史是复杂的，事态的发展因素也是多方面的。由于叙述者的视角、文化构成不同，对事件的认知或有不足，但这不会影响我们对整个历史事件的判断和思考，至于它能否清晰地表达出我们编辑这套书的本意，那只能交给读者去评判了。

这套丛书可谓是一部书写红色记忆的读物，它对于了解共和国的历史、中国共产党的英明领导和中国人民的伟大实践都是不可或缺的。同时，这套丛书又是一套普及性读物，既针对重点阅读人群，也适宜在全民中推广。相信它必将在我国开展的全民阅读活动中发挥大的作用，成为装备中小学图书馆、农家书屋、社区书屋、机关及企事业单位职工图书室、连队图书室等的重点选择对象。

编　者
2010 年 1 月

目 录

一、号召学习

● 胡锦涛说："任长霞同志的事迹感人至深。她在人民警察的光荣岗位上……树立了党员干部的良好形象，赢得了人民群众的衷心爱戴。"

● 中共中央政治局常委、国务院总理温家宝指出："全体国家工作人员都要向任长霞同志学习，全心全意为人民服务。"

● 2004年6月13日，中央政法委员会号召各级政法机关和全体政法干警，认真贯彻胡锦涛、温家宝等中央领导同志的重要指示，迅速掀起向任长霞同志学习的高潮。

中央发出学习任长霞同志先进事迹号召

2004 年 6 月初，胡锦涛、温家宝、李长春、罗干等中央领导就学习任长霞同志先进事迹作出重要指示。

胡锦涛指出：

任长霞同志的事迹感人至深。她在人民警察的光荣岗位上，始终牢记党的全心全意为人民服务的宗旨……以自己执法为民的模范行为和无私奉献的崇高品德，树立了党员干部的良好形象，赢得了人民群众的衷心爱戴。全国广大公安干警要向任长霞同志学习，忠实履行党和人民赋予的神圣职责，执法为民，服务群众，清正廉洁，惩恶扬善，为维护改革、发展、稳定的大局作出自己应有的贡献。

温家宝指出：

全体国家工作人员都要向任长霞同志学习，全心全意为人民服务。

李长春说：

> 要浓墨重彩宣传好任长霞，这是践行"三个代表"的典型，是公安干警的优秀代表，是各级干部的楷模，其事迹感人至深、催人泪下。宣传好这个典型，使人们对党和政府增加信心，对公安干部主流有正确的认识、对女干部有新的认识，也是对维护稳定第一位的干警们的巨大鼓舞。

根据中共中央宣传部的统一安排，中央及首都新闻媒体对河南省登封市公安局原党委书记、局长任长霞同志的先进事迹，进行宣传报道。

中央、首都及地方新闻媒体派出记者，在河南省登封市进行实地采访，对任长霞的生平事迹作了大量相关报道。

任长霞，时年40岁，生前系河南省登封市公安局党委书记、局长。

任长霞自1983年加入公安队伍，做预审工作13年，在郑州公安系统、市政法战线，以及省预审岗位练兵大比武中，均夺取过第一名，协助破获大案要案1072起，追捕犯罪嫌疑人950人。

任长霞被任命为郑州市公安局技侦支队长后，多次深入虎穴，化装侦查，亲自抓获了中原第一盗窃高档轿车主犯，先后打掉了7个涉黑团伙，抓获犯罪嫌疑人370

多名，被誉为警界女神警。2001 年，调任登封市公安局局长。

来到登封后，任长霞始终把人民群众的疾苦和安危放在心上，解决了 10 多年来的控申积案，共查结控申案件 230 多起；带领全局民警共破获各种刑事案件 2870 多起，抓获犯罪嫌疑人 3200 余人，有力地维护了登封社会治安和稳定的政治大局。

2004 年 4 月 14 日 20 时 40 分，任长霞在侦破"一·三〇"案件中，途经郑少高速公路发生车祸，因受重伤随即被送往郑州市中心医院抢救。经过 4 个小时紧急抢救，终因伤势过重，不幸因公殉职。

任长霞以自己的忠诚、才干和辉煌业绩，先后荣获全国"五一劳动奖章"、"全国三八红旗手"、"中国十大女杰"、"全国青年岗位能手"、"全国优秀人民警察"等多项荣誉称号。她以自己的毕生心血忠实地履行了"立警为公、执法为民"的神圣职责。

关于任长霞的英雄事迹，全国各大报纸都进行了宣传报道。

《人民日报》在 2004 年 6 月 10 日第一版刊载了一篇题为《牢记党的宗旨 实践"三个代表"——论向任长霞同志学习》的评论员文章。

文章中说：

任长霞的事迹在大江南北广为传诵，令人

感奋，引起全社会强烈共鸣。近日，胡锦涛等中央领导同志就学习任长霞同志的先进事迹作出重要指示……

中原碧空映长霞，神州大地扬正气。人们为公安干警队伍中有任长霞这样的女英雄而感到光荣，为我们党的队伍中有任长霞这样的好干部而感到自豪，为我们的祖国有这样的好儿女而感到骄傲。

"公安、公安，心中只有'公'，人民才能'安'"，这是任长霞同志生前常说的一句话。她对党的事业无限忠诚，对人民群众无限热爱，在工作中以身作则，率先垂范，把美好的青春和全部心血都奉献给了党和人民，是立党为公、执法为民的典范，是公安政法队伍中的优秀代表。我们要学习任长霞同志笃定理想、对党忠诚的崇高品质，始终保持忠于党、忠于祖国、忠于人民、忠于法律的政治本色。学习任长霞同志牢记宗旨、执法为民的高尚情操，把有限的生命投入到无限的为人民服务之中去，切实做到人民公安为人民。学习任长霞同志疾恶如仇、刚直不阿的英雄精神，坚决同各种违法犯罪活动作斗争，永远做党和人民的忠诚卫士。学习任长霞同志忠于职守、克己奉公的职业道德，立足本职，乐于奉献，秉公办事，廉洁自律，出色地完成党和人民交给的各项任务。学习任长霞同志锐意进取、率先垂范的优秀品格，以与时俱进的精神状态和饱满的工作热情，建设过硬的队伍，创造一流的业绩。

当前，全党全国正在把学习贯彻"三个代表"重要思想引向深入。任长霞同志的思想和品德集中体现了"三个代表"重要思想，是认真践行"三个代表"的先进典型。她以自己的实际行动塑造了新时期共产党人权为民所用，情为民所系，利为民所谋的鲜活形象，谱写了一曲人民警察为人民的正气之歌。

活着，她是一面旗帜；逝去，她留下一座丰碑。全国公安干警向任长霞同志学习，为神圣的警徽添彩；广大党员干部向任长霞同志学习，为鲜红的党旗增辉。学习任长霞同志的思想品德所焕发出来的精神力量，必将化为我们促进改革发展稳定、为实现全面建设小康社会而不懈奋斗的巨大物质力量。

公安部发出学习任长霞的决定

2004年6月4日，公安部发出关于向任长霞同志学习的决定。

"决定"中说：

> 任长霞同志是中国共产党的优秀党员，她以实际行动践行了"三个代表"重要思想，树立了新时期公安民警和基层公安领导干部的良好形象，是全国公安机关和广大民警学习的楷模。在全国公安机关深入学习贯彻"三个代表"重要思想和党的十六大精神、深入学习贯彻《中共中央关于进一步加强和改进公安工作的决定》和第二十次全国公安会议精神的新形势下，大力宣传学习任长霞同志的先进事迹，对于全国公安机关和广大民警牢固树立执法为民的思想，全面推进公安工作和公安队伍建设具有十分重要的意义。公安部决定，在全国公安机关和广大民警中开展向任长霞同志学习的活动。

在公安部发出"决定"之后，河南省登封市公安局局长任长霞的先进事迹在各地党员干部中引起强烈反响。

湖北省 7783 名女民警以任长霞为榜样，发扬"自尊、自信、自立、自强"精神，积极投身大练兵活动。她们本着"干什么、学什么，缺什么、补什么"的原则，掌握基本知识、基本技能和基本战术，不断提高全面素质。

同时，湖北省公安厅还积极开展建立女警人才库，创建"巾帼文明示范岗"，评选"巾帼建功"标兵活动。

湖北省公安厅干部刘美兰说："学习任长霞先进事迹，关键要立足岗位，付诸行动。"

在党和国家发出学习任长霞的号召后，甘肃省公安厅发出了通知，在全省积极开展学习宣传全国公安一级英模任长霞同志先进事迹的活动，用先进典型激励民警斗志，鼓足干劲，全面推进公安机关大练兵活动。

"决定"要求各级公安机关认真组织广大民警收听、收看任长霞同志先进事迹，在公安机关内外掀起宣传、学习任长霞同志先进事迹的热潮。同时，要用典型引路，激励民警斗志，结合当前公安机关开展的大练兵活动，发现、宣传、树立身边的先进典型，推动大练兵活动向纵深发展。

甘肃省甘南州各级公安机关广大民警在收听收看了任长霞同志先进事迹报道和报告会后，决心把学习公安部一级英模任长霞同志先进事迹和正在开展的大练兵活动紧密结合起来，鼓足干劲，在全州掀起一股学英模、苦练兵的新高潮。

甘南州公安局积极组织全州公安机关广大民警收听收看了在中央电视台《新闻联播》《法治在线》《新闻30分》等栏目播出的任长霞先进事迹。

同时，州局党委对全州各级公安机关和广大民警提出了要求。

一要紧紧抓住立警为公，执法为民这个核心，充分认识开展向任长霞同志学习活动的重要意义。

二要将学习任长霞先进事迹与贯彻落实《中共中央关于进一步加强和改进公安工作的决定》结合起来，与当前开展的大练兵活动结合起来，大力推进公安队伍正规化建设，不断提高公安队伍的整体素质和战斗力。

三要用英雄模范的先进事迹激发广大公安民警以任长霞为榜样，端正执法思想，转变执法观念，从我做起、从点滴做起、从现在做起，切实做到"立警为公、执法为民"，牢固树立正确的权力观、地位观和利益观，爱岗敬业，秉公执法，廉洁从政，在自己的本职工作岗位上，建功立业。

四要紧密围绕全州公安工作总体目标，结合实际，认真组织开展好禁毒、严打等专项斗争，严厉打击各种严重刑事犯罪活动，大力加强治安管理和安全防范工作，促进全社会治安的进一步好转。

6月23日下午，江西省公安厅召开全省公安机关向任长霞同志学习活动座谈会，全面贯彻落实胡锦涛、温家宝、李长春、罗干向任长霞同志学习的重要指示和重要讲话精神，认真学习公安部关于向任长霞同志学习的决定，动员和部署全省公安机关深入开展向任长霞同志学习活动。在前一阶段学习活动的基础上，把全省的学习活动扎扎实实地开展起来，进一步兴起学习任长霞同志先进事迹的热潮。

副省长、省公安厅厅长蔡安季出席会议并作了重要讲话。

全国公安战线一级英模、南昌市公安局西湖分局副政委邱娥国，国务院、中央军委命名的井冈山模范消防大队代表、大队长丁晓君，全国优秀公安局广昌县公安局代表、局长陈俭，全国优秀公安局庐山公安局代表、局长涂林，全国公安战线二级英模、贵溪市公安局流口派出所教导员施华山，全国公安战线二级英模、南昌市公安交通管理局东湖大队三中队警长史纪国，全国特级优秀人民警察、十大井冈之子、于都县公安局葛坳派出所教导员刘陆锋，"全国青年文明号"、省交警总队直属支队二大队代表、副大队长叶新，"全国十大女警杰"、原南昌市公安局刑侦支队政委倪宝蓉，"全国优秀基层党支部"、南昌市公安局西湖分局南站派出所代表、所长万辉，"全国特级优秀人民警察"、"全国三八红旗手"、信丰县公安局副政委王信英，全省严打整治斗争先进个人、安远县公安局刑侦大队教导员张小萍，"全国三八红旗手"、一等功臣、省公安厅技侦处四科科长金姗姗，"公安部思想政治工作示范点"、南昌市公安局青山湖分局政委宋贵根，省公安厅政治部副主任兼人事处处长辜水保、厅办公室、综合处、宣传处、机关党委、三处、四处、五处、十二处、十五处、户政处的负责同志，以及中央、省、市新闻单位的记者共50余人参加了座谈会。

蔡安季说："2001年，任长霞同志赴登封任公安局局长前，带着接任她的技侦支队长到公安部汇报工作，我们当时都说，一个女同志到一个治安形势比较严峻的地方当局长，不容易，要有勇气。

"她说她有信心，有铁娘子的味道，给大家的印象非常深刻。随着任长霞同志先进事迹的深入报道，我们对任长霞的了解更加深刻，她确实是一个非常优秀的同志。"

邱娥国说：

听到任长霞牺牲的消息，我心里万分难过。2001年公安部春节文艺晚会结束后，我和她在会场上合了一张影，以作纪念。没想到这样好的战友英年早逝。我在缅怀她的同时，做了三件小事：

一是对自己进行反思。对照她的"立党为公、执法为民"的光辉思想，看看自己在工作中存在的不足，是否有止步不前的情况。

二是把报纸上报道她事迹的材料剪辑成册，作为资料长期留存，电视上关于她的节目我也总是每期必看。

三是多次组织我所在的筷子巷派出所和分管的广润门派出所、出入境管理科等部门的民警，认真学习任长霞的先进事迹。

我期望，通过这些学习活动，能帮助我和战友们找差距、查不足、整改缺点、明确奋斗目标，真正做到以任长霞同志为榜样，忠实履行党和人民赋予的神圣职责，保一方平安，维护一方稳定，温暖一方民心，宣传一方文明。

2004 年 7 月 11 日，根据国家林业局森林公安局的统一安排，山西省森林公安局向全省森林公安机关转发了《公安部关于向任长霞同志学习的决定》，把学习任长霞列为大练兵活动的重要内容。

2004 年 8 月 5 日上午，三明市公安局召开党委中心组学习扩大会，传达学习了《公安部关于向任长霞同志学习的决定》等文件精神。与会同志还进行了广泛的讨论。会上，党委委员和部分领导共 16 名同志作了发言，他们在如何把握精神、抓住根本、重在结合上阐明了学习任长霞的重要性，就今后结合学习做好工作谈了自己的想法和意见。

任长霞的事迹昭示人们：

在新的历史条件下，各级领导干部一定要

进一步增强群众观念，心里装着群众，凡事想着群众，工作依靠群众，一切为了群众。要大力弘扬求真务实的优良作风，坚持深入基层、深入群众，特别是要到最困难的地方去，到群众意见多的地方去，到工作推不开的地方去，同那里的干部群众一道，努力化解矛盾，排除困难，打开局面，真正做到"权为民所用，情为民所系，利为民所谋"。

朗朗乾坤岂能歹徒横行，嵩岳大地不容小丑作怪。这是任长霞勇于战胜一切邪恶势力的坚强决心，反映出一名共产党员、公安局局长的浩然正气。

河南省委作出学习决定

2004年6月7日，中共河南省委作出《关于深入开展向任长霞同志学习活动的决定》。

"决定"指出：

任长霞同志在人民警察的光荣岗位上始终牢记党的全心全意为人民服务的宗旨，自觉实践"三个代表"重要思想，以自己执法为民的模范行为和无私奉献的崇高品德，树立了党员干部的良好形象，赢得了人民群众的衷心爱戴。

任长霞同志用自己的一腔热血捍卫了一方平安，用信念、人格和情操展现了一名共产党员的崇高精神境界，谱写了人民警察忠于党、忠于人民、忠于法律的壮烈诗篇，她不仅是全省政法干警学习的楷模，也是全省广大党员干部学习的榜样。

学习任长霞同志的先进事迹和崇高精神，对于深入学习贯彻"三个代表"重要思想，坚持立党为公、执政为民，对于加强全省党员干部队伍建设，增强党组织的凝聚力、吸引力和战斗力，对于加快全面建设小康社会步伐、奋

力实现中原崛起，具有十分重要的意义。为此，省委决定在全省各地党组织和广大党员干部中深入开展向任长霞同志学习活动。

向任长霞同志学习，要学习她牢记宗旨、执法为民的高尚情操，把有限的生命投入到无限的为人民服务之中去……

2004 年 6 月 10 日，中共河南省委书记李克强在河南省"进一步学习任长霞事迹座谈会"上发表讲话。

李克强在讲话中指出：

我们要认真学习贯彻中央领导同志的重要指示精神，在前一段学习宣传的基础上，进一步把学习任长霞同志的活动引向深入。

任长霞同志是公安战线的英模，是共产党员和领导干部的楷模，是忠实实践"三个代表"重要思想的模范，在她身上集中体现了党员领导干部的先锋模范作用，体现了人民公仆为人民的本色。

学习任长霞就要做到一心为民，把人生的目标和追求定位在全心全意为人民谋利益上，热爱人民、忠于人民、服务人民，把广大人民的根本利益维护好、实现好、发展好，不看重个人的得失，更不从一己私利出发，使我们的事业深深扎根于群众之中，赢得人民群众的拥护和支持。学习任长霞就要做到恪尽职守，以高度的责任感和事业心，出色地完成各项工作任务，锐意进取、奋力拼搏，以与时俱进的精神状态和饱满的工作热情，不断开创工作新局面。学习任长霞就要做到真抓实干，沉下心来，扑下身子，对工作高标准、严要求，严谨细致，着力解决改革发展稳定中的实际问题，倾力解决群众生产生活中的紧迫问题，全力解决涉及群众切身利益的具体问题，通过苦干、实干、巧干，把各项工作一件一件地付诸实践、见诸行动、落到实处，取得扎扎实实的成效。

在河南省安阳市中级人民法院，法官们通过开展大讨论、座谈会和撰写学习体会、组织演讲比赛等形式，开展学习任长霞先进事迹的活动。

安阳中院副院长索艳霞告诉记者：

任长霞的最大特点，是对党忠诚，对人民一腔热血和对工作一丝不苟。如果我们全院干部都像任长霞那样，再难的案件我们也能审理好。

在优秀公安局局长任长霞的故乡河南省郑州市，各级公安机关的广大干警，迅速掀起了向任长霞同志学习的热潮。

任长霞生前倾注大量心血的"一·三〇"案件也在抓紧侦破中，并相继成功破获各类刑事案件54起，抓获犯罪分子87人。

登封市是任长霞最后工作和生活的地方。登封市公安局将"忠诚、爱民、拼搏、敬业"的"长霞精神"作为局训。

干警们纷纷表示，一定要继承任长霞的遗志，努力做好各项公安保卫工作，维护人民安居乐业和社会长治久安；要以任长霞为榜样，坚持立党为公、执政为民，以实际行动树立党员干部的良好形象，为改革发展稳定大局作出贡献。

●号召学习

中央政法委、团中央等发出学习号召

2004年6月13日，中央政法委发出开展向任长霞同志学习的通知，号召各级政法机关和全体政法干警，认真贯彻胡锦涛、温家宝等中央领导同志的重要指示，迅速掀起向任长霞同志学习的高潮。

通知中说：

任长霞同志是中国共产党的优秀党员，是政法机关、政法领导干部立党为公、执法为民的典范，是政法队伍的杰出代表。

学习任长霞同志，就是要像她那样，牢记振兴祖国的历史使命，认真履行政法干警巩固共产党执政地位、维护国家长治久安、保障人民安居乐业的神圣职责，把忠于党、忠于祖国、忠于人民的信念转化为扎扎实实的行动，为建设小康社会的伟大事业而努力奋斗；就是要像她那样，牢记全心全意为人民服务的宗旨，把有限的生命投入到无限的为人民服务中去。始终坚持权为民所用，情为民所系，利为民所谋，严格遵循执法为民的准则，永远保持与人民群众的血肉联系；就是要像她那样，牢记党和人民的嘱托，永葆政法干警的本色，经得起生与死、血与火的考验，以政法干警一不怕苦、二不怕死的英雄气概，为人民群众创造安居乐业的良好环境；就是要像她那样，牢固树立正确的权力观、利益观和人生观，严格遵守政法干警的职业道德，发扬艰苦奋斗、无私奉献的优良作风，拒腐蚀永不沾，廉洁自律，克己奉公，忠于事业，恪尽职守，维护法律的尊严，维护政法干警的形象；就是要像她那样，永远保持与时俱进的精神状态和饱满的工作热情，以高度的事业心和强烈的责任感，开拓进取，勇于创新，把政法工作不断推向前进。

通知要求中央政法各部门和各级党委政法委，要把学习任长霞同志作为加强政法队伍建设的一项重要任务，紧密结合正在开展的"公正执法树形象"活动和集中处理涉法上访工作，用任长霞同志的英雄事迹，教育和激励广大政法干警，围绕党的中心工作，振奋精神，建功立业，为推进依法治国，全面建设小康社会作出新的更大的贡献。

7月8日，中央政法委机关党委召开会议，认真学习任长霞先进事迹，并对机关下一步学习活动做出安排。

在会上，大家围绕学什么、怎么学等问题热烈发言，畅谈了体会。

大家表示，学习任长霞，最核心的是学习她对人民无限忠诚、为人民无私奉献的精神，立党为公、执政为民的风范。要用她的这种精神和风范净化自己的灵魂，牢固树立正确的人生观、价值观、权力观和地位观。要以她为榜样，防止和克服以权谋私思想、特权作风，认真改造世界观，经受住市场经济的考验，经受住改革开放的考验，永葆共产党员的本色。要像她那样淡泊名利，把为人民服务作为最高的追求，作为工作的动力，把机关的每项具体工作作为执法为民的实际行动，在工作中奉献，在奉献中工作。

全国各地的党员干部纷纷表示，要学习任长霞为公为民的精神。

河北泊头法院开展了"向任长霞同志学习，做合格人民法官"活动。

任长霞的先进事迹在全国各地的法院干部中间产生了强烈反响。在学习过程中，广大法院干部纷纷表示，要通过学习、缅怀任长霞，时刻以任长霞精神鞭策自己，以实际行动学英雄，牢记人民法官的神圣职责，牢记司法为民的宗旨。

革命老区福建省长汀县委书记黄福清说："任长霞同志不仅是广大公安干警学习的楷模，也是我们基层党政干部学习的榜样。作为一名基层党政领导干部，我们肩负着发展一方、造福一方的重任，更应该认真学习任长霞同志无私奉献的精神，把对人民的热爱、对党的忠诚投入到工作中去，加速老区发展步伐。"

长沙市天心区青园街道办事处党政办公室主任尹娟娟说："任长霞是我们时代又一个无限忠于党、无限热爱人民的好典型。她权为民所用、情为民所系、利为民所谋，是我们学习的好榜样！我在街道工作，生活在群众中。群众利益无小事，我要像任长霞那样，想群众之所想，为群众办实事，办好事；急群众之所急，关心群众的困难和疾苦，时刻为群众排忧解难，使群众感受到党和政府对他们的关怀。"

2004 年 6 月初，团中央就发出通知，号召广大团干部和各级团组织认真学习贯彻中央领导同志的重要指示精神，开展向任长霞同志学习活动。

通知要求：

广大团干部要学习任长霞坚定理想、对党忠诚的崇高品质，牢固树立政治意识、大局意识、责任意识，在政治上、思想上、行动上同党中央保持高度一致。

要学习任长霞牢记宗旨、执法为民的高尚情操，热忱关心青年，竭诚服务青年，促进青年健康成长。要学习任长霞忠于职守、克己奉公的职业道德，脚踏实地，拼搏奉献，廉洁自律。要学习任长霞锐意进取、率先垂范的优秀品格，求真务实，与时俱进，推动共青团工作

021

不断焕发生机和活力。要以任长霞为楷模，自觉加强自身修养，不断提高思想道德素质，努力做党放心、青年满意的团干部。

通知强调：

各级团组织要运用报告会、座谈会、征文、演讲等多种形式，广泛开展扎实有效的学习活动，推进和深化团的各项工作，不断开创共青团工作新局面。

8月29日，中共中央组织部、中共中央宣传部、中央文明办、人事部联合发出表彰决定：

追授任长霞同志"人民满意的公务员"荣誉称号。

当时，在全国各地县处级干部、信访局长和法院干部中间，一股学习任长霞，争做任长霞式的好干部、好党员的热潮仍然在持续，并且不断升温。

湖南省新宁县委书记鞠晓阳说："我是含着热泪看完任长霞事迹的。"

新宁县位于湖南西南，比较贫困。对此，鞠晓阳说："我们县里改革、发展的任务十分繁重。我们学习任长霞，重要的是以榜样的力量鼓舞广大干部群众，把英雄的先进事迹转化为干部群众的精神动力，把忠于党、忠于祖国、忠于人民的信念落实到改革、发展和稳定的各项工作中。"

对于学习任长霞，要学什么，鞠晓阳有自己的见解："县处级干部学习任长霞，就要像她那样以民为本，勤政爱民，具有强烈的公仆情怀。"

那么如何以民为本呢？鞠晓阳解释说："就是要在感情上贴近群众，思想上尊重群众，行动上深入群众，深怀爱民之心，恪守为民之责，善谋富民之策，多办利民之事，始终坚持与群众的血肉联系。"

在全国各地，许多接受采访的县处级干部纷纷表示，任长霞精神是新时期基层干部模范践行"三个代表"重要思想的典范。她的先进事迹感人至深，在她身上，体现了人民公仆永葆本色、对党忠诚的崇高品质，体现了人民公仆牢记宗旨、无私奉献的高尚情操，体现了人民公仆忠于职守、不怕牺牲的英雄精神。

上海市信访部门上上下下开展了多种形式的学习活动，广大信访干部收获很大。

上海市徐汇区信访办主任徐文泉给出了一个清晰的数字。徐文泉介绍说："3 年接待群众来信来访 3467 人次，任长霞事迹对我们信访干部启发很大。任长霞热情接待群众来信来访的事迹见报以来，对信访干部是一个很大的震动。"

徐文泉表示，我们信访干部要学习任长霞的为民情怀。对信访工作，有人戏言"宁上一次战场，不去受一次信访"，任长霞把老百姓的每件事情都当做大事来办，她为百姓做了大量实实在在的事情。任长霞的事迹，使我们对信访工作的重要和神圣有了更深一步的认识，也促使我们对如何做好信访工作有了进一步的思考。

徐文泉说："信访干部有时会受委屈，会有埋怨情绪，但任长霞精神告诉我们要立足本职，再苦再累，也要做好信访工作。信访工作难办，任长霞精神启发我们要永葆对群众的热情，立足长远，建立大信访的格局，创新信访工作机制。信访工作关系下情上达，上情下达，任长霞精神告诉我们要发扬无私奉献精神，要从老百姓不满意的地方改起、做起，立足治本，解决群众的'苦、难、愁'。"

在悼念任长霞的日子里，登封百姓自发地以诗歌的形式表达心声。

在学习任长霞的日子里，一本群众悼念任长霞的诗文集《登封百姓写长霞》出版。该书全部由群众自发收集、抄录、整理、编辑而成，选编的 400 余篇诗文，分诗歌、挽联、散文、唱词四大类，语言朴实，感情真挚。

登封市先后举办了"长霞精神诗歌朗诵会""群众演唱会"，无数群众又踊跃送去诗歌、文稿。

二、 英雄事迹

● 2001 年 4 月，郑州市公安局技侦支队支队长任长霞调任河南省登封市公安局党委书记兼局长，成为河南省公安系统有史以来的第一位女公安局长。

● 2001 年 9 月，登封市公安局在登封市广场召开公捕大会，公开逮捕王松等犯罪分子。

● 任长霞到登封不到 3 个月，就针对登封控申案件多、积案多、群众上访多等特点，把"控申接待室"的牌子挂上了。

勇敢深入虎穴抓捕毒贩

1993 年春的一天晚上，任长霞的丈夫卫春晓和儿子卯卯正在家里看电视。忽然听到敲门声，卯卯立即跑去打开门，但他呆住了，一个不认识的阿姨出现在他的面前。

卫春晓问："谁呀，卯卯？"

"一个阿姨。"

"阿姨？哪个阿姨？"

卫春晓走到门前，看到一个时尚的女人，披肩长发，猩红呢外衣，手里拿着一个小坤包。卫春晓不认识这个女人，他说："你是……"

女人说："我找卫律师，卫春晓。"又说："卫律师，您应该请我进去说话呀！"

"请进。"卫春晓只好让她进到家里。

时尚的女人说声"谢谢"，便径直进屋，然后稳稳地坐到沙发上，也不说话，就看起电视来。

卯卯此时也不看电视了，瞪着大眼看着这位时髦的阿姨。

这时，这个女人忽然说："卯卯，过来。"正当卯卯犹豫时，陌生女人忽然大声笑起来："卯卯，我是你妈妈呀！"

卫春晓大吃一惊。

当时，陌生女人摘下发套，脱下外衣，卯卯一下子扑到任长霞怀里："妈妈，你真漂亮。"

卫春晓笑着搂住妻子说："真没看出来！"

任长霞高兴得直拍手，她搂着儿子亲了一下说："这下我放心了，连自己的亲人都没认出来。"

丈夫没问，她也没说这次要执行的任务需要化装成一名女毒贩。

任长霞从警以来，曾多次进行过化装侦查。在此之前，任长霞也曾和丈夫一起搞过化装侦查。那一次为了工作需要，上级决定派卫春晓陪同化了装的任长霞去一个夜总会进行侦查。

可是事有凑巧，他们碰上了卫春晓的一个同事，在卫春晓和同事说话时，那同事不时地看化了装的任长霞。卫春晓怕闹误会，就主动说："这是你嫂子。"

同事说："哈哈，嫂子真能赶潮流啊！老兄也不说一声。"

当任长霞和卫春晓正要走时，忽然有人问那位同事："刚才和你说话的那人是谁？"

同事说："是律师。"

"那女的呢？"

"他老婆。"

"啊——任长霞！"这个问话的人正是任长霞跟踪的那个人。

任长霞知道暴露了，说了一句："快走！"

刚出门，只见刚才与卫春晓同事说话的人带来四五个人往夜总会里冲，嘴里还喊着："抓住那个留短发的女人，往死里打！"

这时，任长霞和卫春晓进到接应的汽车里，安全脱险了。

而那天晚上，化装成女毒贩的任长霞又要接受新的任务了。

原来，任长霞在大量的预审案件中，发现了有关贩毒的线索。这条线索来自云南，然后又转向西安，最后毒贩们的行踪又在河南郑州出现。

吸毒从邻省到本省到郑州市正呈上升趋势。这使任长霞在翻阅案卷时，内心久久不能平静。

当时，有一个9人贩毒团伙来到了郑州，根据"线人"的举报，这9人团伙携带了近千克毒品，接货地点在郑州西郊某家属院。

局领导认真研究了这一重大贩毒团伙的情况，决定抽调刑侦有经验的民警侦破此案。

还没等局领导安排布置侦破贩毒案时，任长霞便自己来找局领导了，她要求参加侦破贩毒案。

领导上下打量了一下任长霞，问道："你知道此案的厉害？"

任长霞回答说："贩卖海洛因50克以上、大烟100克以上，情节严重的要判决死刑。我知道，毒贩是一伙亡命徒，有真刀真枪，跟你玩命。"

局领导说："对，就是这么严重。"

任长霞说："我请求参战，我有有利条件：第一，我熟悉案情；第二，我是女的，可以化装成要货的打进去；第三，我入虎穴，刑侦上里应外合一网打尽。"

最后，任长霞笑着说："我犯了个小错误，没请示领导，私下找刑侦队商量了此事。"

局领导不动声色地说："长霞，打进去那可不是闹着玩的！"

"那你同意了？"

领导想了半天，又站起身来在办公室走来走去，忽然停下问："你是说化装打进去？"

"对。你说中不中，别老在屋里转，转得我头晕。"

"中！"局领导望着任长霞说，"就这么定了。你说的那三条很好，但我要强调，跟他们玩转，不是玩命；我再给刑侦队交代一下，打击毒贩，也要保护好同志。"

4月，任长霞脱下警服，穿上暗红色外套，进行了一番化装，口红涂得非常鲜艳，脚上穿一双高跟鞋，手上拎一个真皮小坤包。

任长霞身段好，站在那里亭亭玉立，再配上坤包，她行走在局里，连刑侦队的侦查员们都没有认出来。

然后，侦查组成员们坐下来，仔细研究了抓捕方案，直到万无一失，这才出发。

毒贩居住在破旧楼群中一幢五层楼的一个单元里。任长霞脚步轻盈地上了五楼，8 个侦查员根据地形埋伏了起来。

任长霞敲开房门，迎面是一个面色蜡黄的男人，他半掩门问："你找谁？"

任长霞推门进去，说道："看货。"

屋里有六七个人正在打牌，抬头看见进来一时髦女人，停下了手中的牌。

任长霞一笑，说："打双升？是小芬让我来取货的。"其中的一个人"啊"了一声说："知道，认识。"

一个大个子从牌桌边走过来，眼睛色眯眯地看着任长霞说："一包 150，漂亮的小姐，你要多少？"

任长霞用眼扫了一下房间，这是个三居室，可能另两间屋里还有人，就大声说："道上的规矩，先验货，后开价。"

可是大个子并不急于取货，而竟然要任长霞帮他洗衣服。洗衣服是为了拖时间。

任长霞想了想，明白了，他们要验证她的身份。只见任长霞不急不躁，表现出愿意为大个子洗衣服。在洗衣服的过程中，任长霞一会儿去卫生间倒水，一会儿到另外两个房间找洗衣粉。

在卫生间，她没发现什么，但发现另两个房间果然有人。因为都在睡觉，看不准是什么人。这衣服一洗就是两个小时。

这么长时间，可急坏了在外边埋伏的侦查员，他们不知道屋里究竟有没有出意外。

在任长霞洗衣服这段时间里，毒贩一会儿蹲那儿和她聊天，一会儿又动手动脚，一会儿又到屋里打电话。他们是想借这个机会弄清这个女人是不是真正的买主，他们害怕碰上公安的便衣。

两个小时之后，可能是毒贩和小芬联系上了，证明眼前这个女人是买主。

这时，毒贩蹲到任长霞跟前说："漂亮妞儿，我看你是个行家。"说着他从身上衣袋里取出一个小包，递到任长霞手里说："这是样品，你先看看。"

任长霞明白了，真正的卖主还没出现，必须和他们周旋，引出真正的卖主，那可是近千克的毒品啊！

任长霞接过纸包，打开后用指尖在白粉上蘸了一下，装作在舌头上舔舔，便啪地一下将样品摔到牌桌上，正打牌的几个人被她这一下子吓了一跳。

只见任长霞大声说："成色差，土法炼的，少跟我来这一套，取货，取货。"

毒贩嘿嘿地笑着，眼睛却瞟向了另一个房间。看来真正的卖主也在这个房子里。于是，任长霞装作生气的样子说："都是道上的人，有奸货不干，姑奶奶算白跑一趟了。"说完，她打开了提包说："看，钱，有的是，要真东西，一包100元，姑奶奶全包了。"

说着，任长霞提起包就走，毒贩忙把她拦住，打牌的也停止了玩牌。

毒贩见有来头，这才说："去一下卫生间。"然后，他却进了另一个房间里。有人招呼任长霞坐下，有人给任长霞倒水。任长霞偷偷看了一下时间，在这里已经"泡"了快3个小时了。

过了一会儿，只见一毒贩从里间出来，手里托了一个茶缸，走到任长霞面前说："就这小花茶缸，你看咋样？"

任长霞接过茶缸，在手上掂了一下，茶缸里的白粉最多只有20克。她装作生气的样子，把茶缸递给毒贩说："走人，姑奶奶我还不要了。"然后，扭头就走。

"慢着。"随着说话声，从屋里走出一个胖子，长得是满脸横肉，只听他说，"对不起哩，小女子，有失远迎，得罪得罪。"接着，他对一个人说："到卫生间把货取出来。"

任长霞一听，心中一喜，真正的卖主出来了，不抓他还待何时。没等他们到卫生间取货，任长霞便一跺脚，突然大声说："走人，姑奶奶我还不要了呢。"她一步跨出房门，拉门就走。

就在任长霞一拉门的瞬间，埋伏在房门外的8个侦查员闪电般冲了进来，将枪口对准了毒贩："公安局的，都蹲下。"

毒贩们见状，看着任长霞问道："你是公安局的？"

"认识了就好。"任长霞命令道，"把手背过去！"

"我他妈真瞎了狗眼，"毒贩顺手抽了自己一个耳光，"你扮得真是太像了。唉！我算认栽了。"

9个毒贩一个也不少，被任长霞他们押上了囚车。

另外，任长霞他们在 3 个房间里搜出了近千克海洛因。这个贩毒团伙终于被一举歼灭了。

此后，在任长霞到登封任局长一职后，她又破获了一起贩毒案。

2001 年 10 月 7 日夜，登封市公安局生擒大毒贩刘刚，并由此挖出了一个贩毒吸毒达两年之久，牵涉 40 余人的特大贩毒吸毒团伙。

这天上午，登封市公安局局长任长霞接到一封举报信。信称，家住在登封市的李某是一名毒贩。她立即安排巡警大队将刚进家门的李某拘传到案。

在政策攻势下，李某供述了他和家住新密市的刘刚单线联系，两年多来，仅他就从刘刚处购买海洛因转手卖给登封的 40 余名吸毒人员。

局领导当即拍板，抓捕刘刚。

22 时，一位精干的民警带着李某来到新密市青屏影剧院附近，让李某与刘刚联系。很快，刘刚从电影院内走出，与李某"接头"。

民警们一拥而上，打算一举擒获刘刚。但是，曾在登封某武术学校学过 3 年武术、又当过几年武术教练的刘刚拒捕，并攻击民警。

民警迅速拔出手枪顶住了刘刚的脑袋，将其制服擒获。经过审讯，刘刚供述了两年来贩卖毒品的犯罪事实。

随后，警方根据李某的供认，将几十名吸毒人员抓捕归案。

微服私访整顿公安队伍

2001 年 4 月，郑州市公安局技侦支队支队长任长霞调任河南省登封市公安局党委书记兼局长，成为河南省公安系统有史以来的第一位女公安局长。

登封境内，中岳嵩山闻名于世，著名的少林寺就在登封市辖区之内，每年到登封的游客、香客、打工的流动人口少说也有百万人。

登封曾经一连数年恶性案件频发。发案率高，破案率低，在全市 30 多个局委行风评议中，公安局连年倒数第一，群众特别不满，管公安局叫"粮食局"，意思就是白吃饭办不了案。

在任长霞上任之前，这里大案要案接连不断，积案越来越多。

任长霞一上任就感到压力很大，心里总是琢磨怎么把这里的社会治安搞好，让百姓过上安生日子。

面对这种千疮百孔的局面，任长霞思考之后，觉得还是首先要把队伍整顿好。

全市 600 多名警察，有一部分人整天混日子，不办事，老百姓意见很大，再加上装备条件差，有时候工资还不能按时发，因此士气也极为低落。

任长霞决定微服私访，进行调查，在掌握第一手情况后，再找出解决的办法。

一天天黑以后，任长霞脱掉警服，打扮成一个农村妇女的样子，来到一个派出所。

派出所里没什么动静，可是，屋里明明有值班的人员。任长霞举手敲了几下门，没有动静，又敲了几下。

随后，任长霞才听到里面有人不高兴地喊道："干什么的？"

任长霞便装作很着急地说："我要报案！"

随即，只听值班的人员非常恼怒地喊道："报什么案，天这么黑，我上哪儿给你找人破案，快走！"

任长霞假装更急的样子，提高嗓门说道："我报的案很重要！"

但尽管如此，那个值班的人还是轰她走。

于是，任长霞便用渴求的口吻说："要不然，你告诉我你们所长的电话号码吧，我自己给他打电话。"

这时，里边的人有些不耐烦了，嚷道："我们所长的电话能随便告诉你么？快走吧！"任长霞最后还是被轰了出来。

面对如此的治安机构，任长霞下定决心一定要整顿警察队伍不可。

另外，任长霞还听群众反映，打110报警经常没人管。于是，任长霞装成普通妇女的口气拨打110，结果真的没有人管。

任长霞不太相信，110居然会没有人管。她便又带着督察大队半夜到荒郊野外设置警情，试着看看110接警后几分钟到达现场。

在任长霞接连不断地报警之后，110接线员都熟悉了女局长的声音，不敢再怠慢。此后，110在出警时全都在5分钟内到达现场。

一次，发生案件，各路巡警4分钟内赶到现场，这是任长霞向市民们做出的承诺。

为此，任长霞没少搞突击检查。有几次，半夜三更的，110突然接到警情，民警便立刻气喘吁吁地跑去。结果，到那里一看，任长霞局长带着人笑嘻嘻地过来跟他们握手。

随后，任长霞又了解到，郑庄检查站的交警在处罚超载车辆时不给开票。于是，她决定亲自看看到底是怎么回事。任长霞打扮成农村妇女的样子，拦住一辆超载的运煤车。

司机问道："你要上哪儿去？"

任长霞说："要去郑庄检查站看看那里交警的情况。"

司机不让她上车，并说："算了，算了，你的好意我心领了。"

没办法，任长霞最后只好说明了自己的身份，司机才让她上了车。

任长霞坐在驾驶室里，从后视镜里发现自己不像是一个运煤跟车的，她就随手抓了一把煤灰，在自己脸上抹了几把。

汽车来到了郑庄检查站，任长霞跳下车去交钱。检查人员问道："开票，还是不开票？"

任长霞问："开票怎么讲，不开又怎么讲？"

"开票的话，每辆车罚 160 元，不开票每辆罚 80 元。"

任长霞装作求情的样子说："大热天，挣点钱也不容易，不开票每辆车 50 元中不？"

"少一分也不行！"检查人员说。

超载的运煤车一起走的是两辆，任长霞又说："两辆车不开票 150 元行不？"回答还是不行。

之后，任长霞自己掏钱交了 160 元罚款。交钱的时候，任长霞掉了眼泪。

可以说，当时面临的形势非常艰难，民警队伍涣散，积案堆积如山，群众怨声不断。任长霞到任半个月内，她深入基层调查摸底，跑遍了登封 17 个乡镇区派出所，通过微服私访掌握了大量实际情况，找到了存在问题的症结所在。

进而，任长霞大刀阔斧地清除了队伍中的 3 个害群之马。15 名长期不上班、旷工、迟到，以及参与违法违纪行为的民警被开除或辞退。

"女局长还真动真格的了。"全局的人震动了。

任长霞此举，引起了社会上强烈的反响，令民警的精神面貌焕然一新。

同时，任长霞又在全市警察队伍中实行严格的竞聘上岗，民警优化组合、双向选择资格审查、书面测试、民主测评、演讲答辩……干警们眼花缭乱地领教了一连串新鲜的做法。

随后，一批具有实干能力、思想作风好的新官走马上任了。

与此同时，登封百姓开始发现，每天清晨 7 时，不管刮风下雨，登封街上都会有一群身着警服的人在外面跑操，并且雄起起喊着口令。

这是任长霞局长立下的又一新规，每天早上人人出早操，每天要跑满 5 公里。她自己也不例外，每次都是跟着跑。

任长霞想让手下的干警们外练筋骨皮，内练一口气，把人民警察的精神头在全登封市人民的面前提起来，让老百姓看到，这是一支可以捍卫他们利益的队伍。

很快，登封公安队伍有了新的口碑。

此后，整个警察队伍振奋起来，积极性提高，破案率迅速上升，警察队伍在百姓心中的形象大为改观，社会秩序也大为好转，公安局在全市评比中也上升到第五名。

在她的带领下，登封市公安局的队伍建设和业务工作连年迈上新台阶。

英勇无畏破获重大涉黑案

2001年4月的一天，公安局大院忽然拥进好几百人，他们手举7个灵牌，把公安局的大门都围住了，他们要见任局长。

任长霞听到门卫向她报告后吃了一惊，立即飞速跑到局大门口，她就看见大门口黑压压站了一片人。

这些人一见到任长霞就失声痛哭，大声喊冤。他们告的是当地一霸——登封避暑山庄老板王松。

任长霞抑制住内心的冲动，刚说了一句："乡亲们……"那7个双手捧灵位的人，就齐刷刷地跪在了任长霞面前。

任长霞忙上前搀扶起，说："别这样，咱共产党不兴这，起来，请到办公室。"

然后，任长霞叫民警把大会议室打开，收拾干净，把乡亲们请进来。

这时，围着公安局的几百个人忽然含悲忍泪高呼起了口号：

任青天，任局长，为俺申冤报仇！

打倒王松，惩治王松！

对于这一幕，任长霞永远也忘不了。

在公安局大会议室，乡亲们有的坐、有的站，开始控诉登封黑社会头子王松。

4月中旬的一个晚上，任长霞看到了控申科给她报送的一封群众控告信，信里这样写道：

> 尊敬的任局长：
>
> 　我们是登封、禹州交界白沙湖畔的村民，从王松承包水产公司以来，他以巡逻为名，招募"两劳"释放人员，豢养打手，成立了带有黑社会性质的犯罪团伙，买有枪支、匕首、手铐，还私设公堂，非法拘禁，敲诈勒索，寻衅滋事，故意杀人……

看到信尾百余名村民的联合签名和那血红的指印，任长霞感到自己的心口在滴血。

第二天，任长霞把控申科的同志召集到办公室，开门见山问："关于王松案件，你们知道多少？"

而控申民警的回答，令任长霞局长大吃一惊："这是一个典型的具有黑社会性质的犯罪团伙！"

登封无人不知王松。

王松，又名王振松，河南省登封市宣化镇人，原为河南嵩峰企业集团有限公司董事长、登封市政协委员、登封市宣化镇人大代表。

早在 1999 年，王松便在登封市白沙湖畔建起了一座避暑逍遥宫，湖中有白、红两条船，名为旅游，其实是在白船上开赌场聚众赌博，在红船上组织暗娼卖淫。

同时，他还组织了有 60 余人参加的带有黑社会性质的集团，纠集社会闲散人员组成巡湖队。

多年来，他们先后在登封、禹州两地数十个乡镇，组织打手故意杀人，故意伤害，组织、引诱、介绍卖淫，虚报注册资金诈骗，伪造票据等，作案 60 余起。他们殴打群众 117 人，致死 7 人，重伤 5 人，轻伤 12 人，引起了极大的民怨。

乡亲们的申诉，桩桩冤情、件件苦情使任长霞眼落泪、心滴血。王松草菅人命，殴打无辜，横行乡里。这一切让任长霞义愤难平，彻夜难眠。

但是，要查清案情，抓捕王松，在登封并不是一件容易的事，因为王松头上戴有"优秀企业家""劳模""人大代表""政协委员"等光环。

为了迅速破案，为了避免来自各方的压力，任长霞及时向登封市委、郑州市公安局党委作了汇报，迅速成立了"打黑专案组"。

王松涉黑案被公安部列入了 2001 年中国十大涉黑案件。任长霞决心挖掉这颗社会上的毒瘤。

然而，取证却异常困难。虽然有几百号群众来公安局会议室申诉，且有 7 个举灵位的声泪俱下的控诉，气氛非常热烈，但当公安人员一说取证，几乎所有的人又都噤若寒蝉，不是说不会写，就是躲开公安的调查取证人。

为什么会这样呢？任长霞很快发现，原来是王松在捣鬼，他派手下到受害人冯长庚家，威胁说："你老冯胆子不小呀，敢告我，你这边告，我马上知道，上次刺你7刀，再告，刺你三七二十一刀。"

接着，王松又派他的手下，对7个举灵位的家属，以砸玻璃、偷耕牛等手段相威胁。

对此，任长霞决定亲自做受害人的工作，她决心要把证据拿到手。

她选择的第一个取证的目标便是冯长庚。任长霞多次下访到他家做工作，使他挺起腰杆，揭发王松的罪恶，最后终于揭开了案情。

那还是1997年7月21日，天刚黑，冯长庚和同在一个煤矿的两个村民到河汊里洗澡。

突然，从玉米地里蹿出王松的几个打手，啥也没说挥刀就砍，把冯长庚砍倒在地，另两个村民一个腿上被扎了一刀，一个见势不妙，跳水泅渡逃命。

第二天下午，冯长庚醒来的时候，他已在王松的水产公司里被非法关押了23个小时，他这才知道自己被绑架了。

此时，冯长庚的儿子接到传话，要他奉命到水产公司交2000元"释放费"。

为救父亲，儿子到处凑钱，才给水产公司交了1600

元。经百般交涉，冯长庚的儿子打了400元欠条，冯长庚才被放回家。

冯家人连忙把冯长庚送往医院，花了3万元医疗费才算是保住了一条命，但却落下了残疾。

随后，任长霞又向受害人之一王东进行取证。王东的儿子被王松一伙打死，他是指证王松集团的关键人物。

任长霞先把他请到公安局，动之以情，晓之以理，王东只是感谢任局长，声泪俱下地哭，但就是不敢揭发王松。

任长霞非常耐心地、不紧不慢地问："你相信共产党吗？"

"相信。"

"你相信公安局吗？"

"相信。"

"你相信我任长霞吗？"

"相信，可——"

任长霞明白了，走到王东跟前，递给他一条毛巾，说："擦干眼泪，老王，你相信我是对的。我来当局长，不是'飞鸽牌'的，我是'永久牌'的，惩治不了王松，我不走了。"

然而，王东依然是不语。王东不说话，是怕王松报复，他真的怕，那伙人太狠了！

在王东从公安局回去的路上，他就遭到了暗算。还没有进村，从村边沟里蹿出一伙人，其中的一人上去一棍将王东打翻到地上。

昏倒在地的王东听见一个人说："让你尝尝去公安局的味道。"

这件事情，3天之后任长霞才知道。她听说后，到医院看望了王东。

王东只是哭，什么也没说。没说啥还被打成这样，要是揭发了王松，遭到的报复恐怕更为严重。

"下手吧!"任长霞决定先抓王松，头儿一旦被抓，团伙也就会大乱，群众也敢说话、申冤了。

任长霞把这个想法在局党委会里提了出来，党委成员都非常赞成这个想法。

但是，王松人在哪里，大家谁也不知道。因此，公安局决定智擒。他们想出了一个"隔山震虎"的办法，把王松震出来。

4月29日，任长霞先派人抓了打王东的一伙中的3个人，然后放风说："王东已残，3人要判15年以上的重刑。"

这一下子把在外滞留的王松给"震"回了登封。他立刻找人托关系，企图以钱开路，打通任局长这一关，救出这几个"弟兄"。

他对一个关系人说："我王松10多年来用钱打通官场、商场、人际关系，有钱能使鬼推磨，我王松有钱能让当官的下跪当马骑。任长霞，一个小个子女流，来登封才几天，屁股还没坐热就抓我的人。哼，我先礼后兵。"

随后，任长霞得知王松要来见她，便说"好"。她立即召集刑侦队，开了一个紧急会议，商议好对策，然后安排下属准备。

2001年5月1日21时多，王松大摇大摆地进了登封市公安局的门，直奔任长霞的局长办公室。

他一进门，就见任长霞端坐在写字台后看文件，头也不抬，不觉心里一紧，便先自我介绍说："任局长，我就是王松，人大代表、政协委员、企业家。"

见任长霞不吭声，他便自己坐到沙发上说："我这一段穷忙，你来登封，也没去接，你看，这有事儿来找你，真不好意思。"

任长霞还是在看文件，头也没抬，便问："啥事儿？"

这时，王松站起来说："有几个兄弟，趁我不在惹了点麻烦，误伤了人。"

然后，他随手甩出一沓钱放在桌子上说："手下人捅了娄子，请任局长高抬贵手，网开一面。"

任长霞听后，"呼"的一声站了起来，两眼望着王松，声调仍然是极为平静地说："王松，在公安局只有公正而威严的法律。"

王松一怔，叫道："任局长，你——"

任长霞"啪"地拍了一下写字台，大声说："王松，你既然来了，也就别回去了。"

此时，守候在门外的民警听到拍案信号，立即冲进屋内，将王松擒获。

王松根本没想到这个新来的女局长会给他来这一手，临出门还大叫："你等着，姓任的，你咋抓我，你咋放我，登封不是你说了算！"

任长霞依然平静地说："你说对了，登封不是我说了算，登封是法律说了算，等待你的是法律对你的严惩！"

随后，一天夜里 3 时，白沙湖面一片沉寂。突然，一颗绿色信号弹射向天空，数十艘警用快艇急速驶向湖中红船，正在包间作乐的 10 多名嫖客及服务小姐被公安民警当场抓获。避暑山庄红船窝点一举被端，作案人员被一网打尽。

经过半年多的艰苦侦查，王松特大涉黑团伙 65 人，除王松的兄弟畏罪自杀外，无一人漏网，打黑除恶取得了重大胜利。

2001 年 9 月，登封市公安局在登封市广场召开公捕大会，公开逮捕王松等犯罪分子。

这一天，整个登封一片欢呼，万余人参加了公捕王松大会，群众高呼"人民警察万岁"。公安局的警察一个个容光焕发，感到光荣无比。

登封、禹州两地近千名受害群众自发组织起来，敲锣打鼓，鸣放鞭炮，感谢公安机关为民除了一大害。

他们要见见为人民除害的这位女公安局长任长霞。他们说："任长霞就是当代包公，任长霞就是任青天。"

他们还特意制作了"打黑除恶称英豪，巾帼英雄万民颂"的镜匾送到登封市公安局，悬挂在公安局的大厅里。

王松涉黑案被国家公安部列入 2001 年中国十大涉黑案件。王松涉黑团伙被打掉，创下了河南公安史上多个第一。

对于王松涉黑案的告破，人民日报、新华社、中央电视台等多家媒体都进行了报道。

2002 年 3 月 6 日，备受广大市民关注的登封王松等 55 名被告人涉嫌黑社会性质组织案，在郑州公开审理。2004 年初，经郑州市中级人民法院终审宣判，以组织、领导黑社会性质组织罪、故意杀人罪、故意伤害罪、组织卖淫罪、敲诈勒索罪、非法拘禁罪、寻衅滋事罪、赌博罪、偷税罪数罪并罚，判处王松死刑，缓期两年执行，剥夺政治权利终身，并处没收个人全部财产。

被告人卢新英，即王松的妻子，法院宣判其以组织、领导黑社会性质组织罪、组织卖淫罪等数罪并罚，判处无期徒刑，剥夺政治权利终身，并且处以没收个人全部财产。

接待信访为群众洗雪冤情

2001 年 7 月 19 日，是任长霞的第一个接待日。任长霞到登封不到 3 个月，就针对登封控申案件多、积案多、群众上访多等特点，把"控申接待室"的牌子挂上了。

同时，20 名干警组成"控申专案组"，并且每周六定为"局长接待日"，谁接待都提前通过电视台向全市公告。

19 日这一天，农民陈秀英前来上访。原来，早在 2000 年 9 月，陈秀英被邻居一家打得脑袋开花，却无处投诉，问题始终得不到解决。

任长霞接过材料看了后，伸手往陈秀英蓬乱油腻的头发下摸去，她摸到了一个窟窿。

"咦！"任长霞大叫一声，说道，"咋打成这样！人呢？"

"跑了！"

"抓人！坚决抓人！"

这话一撂，陈秀英当即大哭。送陈秀英出门，任长霞说："你慢慢地走。你有钱吗？没钱，我给你掏点钱，你坐车走吧。"

这件事，这些话，就是在 3 年之后，陈秀英都记得清清楚楚。她说："俺头上的窟窿，要是碰见那爱干净的人，就算是平民百姓还得嫌俺脏，可任局长伸手就摸，没嫌俺。"

在第一个接待日里，任长霞一共工作了13个小时，她只吃了两个烧饼，喝了几口水，嗓子都哑了，脸颊也说麻了，眼睛也哭肿了。

第二个"局长接待日"，来的人更多，200多人。控申室实在装不下，任长霞便把他们全部带到会议室，开起"控诉大会"。任长霞一边做笔记，一边陪着群众掉眼泪。

此后，只要听说有任局长参加的接待日，几十公里照样有人来，就因为"听说任局长仁义"。

2001年，任长霞接待了韩素珍、王春英两位老人。她们两家的闺女，先后在1990年被歹徒奸杀。11年来，老人家上百次申诉，黑发熬成了白发，罪犯依旧逍遥法外。

绝望的韩素珍问任长霞："这事，你管不管？你敢不敢管？"

任长霞说："我小事都管，你的事能不管吗？我管！"

见多了大案要案的任长霞，一晚上没有睡好觉。第二天，她就把存档多年的案卷翻了个底朝天，未发现有价值的线索。案情分析会开了多次，还是一筹莫展。

突然有一天，一个任长霞接待过多次的老上访户找到她说："有件事，我憋在心里有10多年了。看您天天奔波，是实实在在为百姓办事的人。我再不说，就对不住您了。"

这个人所说的，刚好是这桩奸杀案的线索。任长霞随即带人展开了调查。很快，这起沉积了 11 年的重大奸杀案告破。

冤仇得报，韩、王两家联合了邻村百姓，给任长霞做了块功德碑，上面刻有一行字：

有为而威邪恶畏，为民得民万民颂。

石碑被抬到市中心嵩山广场，准备立在那儿。任长霞闻讯赶紧跑去，再三"求情"道："这碑，无论如何不能立！"

立碑的百姓怎么都听不进去，一定要立。

任长霞见拗不过，只得退了一步，她让大家把碑立在公安局后院一个不显眼的地方。

但是百姓前脚刚送，后脚任长霞就叫人把碑给拆了。这事一传开，群众无不动情："不拿咱一分钱，不吃咱一嘴东西。好官，清官！"

又一次"局长接待日"，有两个人来到控申科，跟正在门口的控申科科长张立功说："俺没啥问题要找任局长，俺不是来给任局长添麻烦的，俺是听说任局长特别公正，俺来，就为看她一眼。"

听完这话，张立功当时就掉下了眼泪。于是，他把门推开了一尺宽，说："你们过来看，坐在里边的那位女同志，就是我们任局长。”

这两个人看了好一会儿，才流着眼泪走了。

3年来，任长霞共接待群众来信来访 3467 人次，平均一天 3 个。

"局长接待日"，人太多，任长霞把群众集中，她说："我对大家很同情，我们一定抓紧解决，抓紧查处！"

说着，她哭了，眼泪噼里啪啦地落了下来，上访的群众也哭了，哭成一团。

任长霞当局长的第一年，就收到镜匾 56 块，锦旗多面，感谢信 250 多封。

登封的干警，除了知道"任局长字写得特帅气"，谁也说不清，他们的任局长有啥业余爱好，有啥个人兴趣。因为，他们认识的任长霞，压根就没有"业余时间"。

以慈母心肠关爱老百姓

2001 年，一个 30 多岁的妇女来到控申科，一见到任长霞就说："我孩子没钱治病，你能给救济一下吗？"

按理说，这事不归公安局管，可任长霞却说："我们尽局里的能力给你解决点。"事后她跟公安局的同事们一商量，大家凑了几千块钱给她送去了。

有时，老百姓来找任长霞说的事，明明超出公安的范畴，但只要任长霞能管的，她从来没有推脱不管的。

一名外地女孩被人用火焚烧后死里逃生。上任刚几天的任长霞一边派人将女孩急送医院，一边全力破案。33 个小时后，便破了案。

此时，任长霞得知女孩医疗费没有着落，她便立即发动公安人员一起筹了 1 万块钱，亲自送到医院。

最终，女孩脱险了。女孩的母亲赶到登封后，找到任长霞长跪不起。

大冶镇一煤矿发生瓦斯爆炸事故。任长霞参与了矿难处理，她发现一个小女孩趴在一个死难者身上哭。

任长霞上前仔细询问，才知道女孩叫刘春雨，小女孩的母亲患心脏病刚去世不久，父亲又在这次矿难中身亡。

任长霞当即眼泪就掉下来了，心痛地把小女孩搂在怀里说："孩子，以后我就是你妈妈，有什么事只管找我。"

安排好刘春雨爸爸的后事，任长霞拉着小春雨的手，对随行的民警们说："叫叔叔们看看小春雨像我的女孩不像？"

民警们不知内情，都附和着说："像你闺女。"

任长霞说："这个孩子我收养了。"任长霞将刘春雨抱起来，向大家宣布：

　　她的所有生活费由我负担，直到她能独立生活。

当天，任长霞就对小春雨的生活、学习进行了安排。

第二天，任长霞又带人看望小春雨，把买的新衣服亲自给小春雨穿上，小春雨高兴得脸上乐开了花。

村里的乡亲们知道了这件事，夸任局长有慈母心，小春雨失母不失爱。

小春雨聪明懂事，不久，她给任长霞写信说：

任妈妈：

　　我不知道能不能这样称呼您，每当我想起您的时候，我脑子里总是闪出妈妈那慈祥的笑容。请允许我这样叫您，您就是我的亲妈妈。

以后，小春雨将任长霞当成妈妈，见了乡亲们，小春雨说："俺任妈妈又来看我了。"

乡亲们也都说："任局长，大好人哪！"

见了同学，小春雨说："你看，这书包好看吧，这是任妈妈给我买的。"

同学们用手摸着小春雨的书包，心里都羡慕得不得了。

从此，春雨的生活和学习费用都被任长霞包了下来。这几年，只要能挤出一点时间，任长霞就买上一堆新衣服和学习用品，去看自己的干女儿。

还有一次，任长霞下乡走到崔疙瘩村，正赶上下大雨，她便顺道进了村小学。

结果任长霞一看，就急了。因为村小学居然是土砌的教室，塌了一角，墙上裂了个大洞。外面下着雨，土房里泡着水，孩子们正在二三十厘米深的积水里听课。

向来话不多的任长霞，这会儿急得就喊了两个字："停课！"

回到局里，任长霞就发动了一场募捐。几十天后，由登封干警捐助的崔疙瘩村希望小学建起了新校舍。

2002年1月，在任长霞倡议下，126名面临失学的特困学生得到了干警们的救助，重新回到课堂。

6月1日，任长霞没忘了这群孩子们，她让干警将这些孩子接到郑州参观科技馆。

因为王松一案，任长霞和农民冯长庚成了朋友。王松被抓后，冯长庚拖着被王松手下打残的身体，找到任长霞，讲了整个受害经过，说到伤心处，任长霞陪着老冯一起掉眼泪。

老冯特别感动，回村把事一说，村里70多名王松案受害人又找到了任长霞。

任长霞把这大批人迎到屋里，70多号人排着队把情况说到中午。

冯长庚几个人正琢磨着请任局长出去吃顿饭，表表谢意。可是，这时任长霞早就把70多人的午饭备好了。

大伙不好意思吃，非要走。任长霞不高兴："你们反映情况，就是对我们工作的支持。我们就是一家人，你们不吃饭，就是把我当外人。"

过了几天，冯长庚又带着一群人来找任长霞。其中有个人说话，上气不接下气，任长霞忙问是怎么回事。那人说是多年的气管炎。

事情说完后，冯长庚等人离开公安局，但当他们刚走到大门口，一位民警一路小跑追了出来。

他递过一袋东西说："这是任局长送的药，专门治气管炎。"民警嘱咐了一通，走了。

老冯等人拎着一袋药，感动得愣在了那里。

这以后，任长霞的电话常常打到老冯家，受害人身体怎么样，家里有没有困难，村里治安如何，等等。

2001年夏天，麦子熟了，老冯又接到任长霞的电话："老冯啊，麦子熟了，和其他受害人联系一下，趁星期天，我组织民警给你们割麦子去。"

冯长庚听后，眼泪当即就流了下来，他赶紧编了个谎说："麦子今年成熟早，都收完了。"

任长霞一听，叹了口气："是我工作滞后了。以后有事，要先给我招呼一声。"

事后，冯长庚觉得，那是他活了半辈子说得最满意的一句谎。他不想让任局长操太多的心。

任长霞爱下乡，这在登封是出了名的。她走在田间地头，如果迎面碰到百姓，她便伸出手拉拉老乡的手。

百姓感叹："登封从没出过这样好搭话的官。"

每逢案发、抓捕，任长霞必到现场。百姓看多了，知道这个女局长话不多，说话却是句句"邦邦硬"，眼神还有股狠劲。可是，很快人们发现威风凛凛的女局长也爱掉眼泪。

2003年11月10日，新华社西藏分社摄影记者格桑达瓦趁在内地采访的时候，到登封观光，受到任长霞的接待。

在交谈中，格桑达瓦提到4名新华社记者领养藏族孤儿的故事。

那是2003年3月20日，格桑达瓦和贵州分社援藏记者杨俊江、河南分社援藏记者王恒涛等4名新华社记者在西藏察隅县下察隅镇中印边界采访时，得知嘎堆嘎美村一户藏族家庭中，夫妻双亡，留下4名孤儿，大的13岁，小的5岁，生活极度贫困。

4 位记者当即凑出 1200 元给予资助。当时正值老二巴桑扎西有病在家，4 位记者商量后，决定将其带回拉萨抚养。

　　临走前，巴桑扎西到学校与老师同学们告别，记者们看到了他的妹妹尼桑曲珍，是个聪明而清秀的女孩，看上去异常可怜。

　　于是，他们想一起带回抚养。县委书记担心这几名单身的记者负担太重，便婉言谢绝了。

　　他们将巴桑扎西带回西藏分社后，改名为新华扎西，送到拉萨市第一小学读书。记者们有的帮他补藏语，有的帮他学中文。很快，新华扎西各科成绩达到优秀。

　　任长霞听完后，当即便说："这个叫尼桑曲珍的藏族小女孩，我收养了。我正缺少一个少数民族的女儿呢。只是我太忙，没时间亲自去西藏，委托你们把她带来。"

　　格桑达瓦十分激动，当即对着任长霞深深地鞠了三个躬。在之后，他又深情地献上了一曲藏语歌曲《慈祥的妈妈》。

　　春节过后，新华社河南分社的援藏记者要回西藏了，任长霞反复叮嘱一定要把尼桑曲珍给带回来。

　　"全国十大女杰"之一的任长霞要认养藏族孤儿，消息传到拉萨，西藏分社干部职工为之感动，记者们很快同察隅县委取得联系。

　　然而，任长霞却等不及了。她 3 次给新华社西藏分社打电话催促，并在电话中希望先把孩子的个头告诉她，她好提前给孩子买衣服。

从拉萨到察隅县尼桑曲珍的家，要翻过 3 座海拔5000 多米以上的雪山，要经过 5 天的车程。当时大雪封山，难以成行。

西藏分社的记者告诉任长霞："等到 4 月份山路能走以后，就把尼桑曲珍接出来，亲手送给你。"

但是，令人遗憾的是，那一天却永远不会到来了。

2004 年 4 月 15 日，西藏分社惊闻噩耗："任长霞牺牲了。"一时间，西藏分社沉浸在悲痛之中。

4 月 16 日晨，新华社西藏分社发来唁电：

惊悉任长霞同志不幸因公牺牲，十分悲痛！她为公敬业、为民奉献的精神，值得我们永远学习。

后来，援藏记者说："到现在，我们眼前还经常出现尼桑曲珍忧郁而企盼的眼神，耳畔还时常响起任长霞催促的声音。"

任长霞对孩子总有一种来自母性的关怀，这种关怀就是对犯罪嫌疑人的孩子，她也是一视同仁。

那是 2003 年 12 月 18 日，石道乡召开公捕大会。嫌疑人作案手段极为残忍，在场群众无不恨之入骨。

犯罪嫌疑人刚上警车时，任长霞发现有一个小娃娃在车边哭着喊爹。

原来，小孩是犯罪嫌疑人的儿子，小孩子的母亲早跟人跑了，家里就剩下年迈的奶奶。

任长霞看到那个孩子，便指指嫌疑人，跟一个警察说："让他下来，把手拷给他打开，让他见见他的孩子去。"

犯罪嫌疑人抱着儿子，号啕大哭起来。

随后，任长霞从兜里掏出 100 块钱，递给犯罪嫌疑人的邻居说："给孩子买点吃的吧，以后孩子有啥困难，去公安局找我，我叫任长霞。"说完就上车走了。

在车上，跟任长霞同车的《郑州晚报》记者，发现任长霞在流眼泪，便问："姐，你怎么啦？"

"没什么，女人眼窝浅。"任长霞说。

而真心实意爱护老百姓的任长霞在人民的心目中，也是有着极为重要的地位，因为她是人民值得信赖的好干部。

有一回，在一次拆迁纠纷中，发生了堵路事件。登封市政府、市人大有关负责人磨破嘴皮也没有办法解决堵路事件。

而任长霞到场后，只说了一句："我是任长霞，请大家相信我，堵路是不对的，你们先散去，你们的事情我一定解决。"

堵路的群众听说后，二话没说，立刻就散了。

后来，一位老干部在介绍此事时，对记者说："当官的如果弄虚作假，瞒得了一时瞒不了一世，何况群众的眼睛是雪亮的，谁在真心替民办事，他们一清二楚。"

智擒狡猾色魔为民除害

2001 年 9 月，登封市公安局门前聚集着一些敲锣打鼓的乡亲，他们有的高呼"人民公安万岁"，有的来送匾牌、横幅。

原来在一个月前，由登封市公安局组成的专案组，擒获了一个作恶多端的假道士，除掉一个在登封西岭万羊岗一带强奸、奸杀几十名妇女的色魔。

这个案件还要从 1997 年 5 月说起。那天是五一节，在万羊岗距登封城 6 公里处，一名 14 岁的女中学生被奸杀在万羊岗附近的一块麦地里。几个月后，又有一名 16 岁女生被奸杀在一条山沟里。

"色狼"是一只，还是几只，不清楚，可在万羊岗方圆 10 多公里都发生过类似案情。

到 2000 年 9 月，公安局 4 年多接报强奸案 11 起，其中强奸后杀死 4 人。

恐怖笼罩着这个距登封城只有 6 公里左右的西岭万羊岗一带。这一带的耿庄、王庄、张庄的家家户户，只要有小女孩上学的，不管路途有多远，家长都是要早上送，中午等，晚上接。

而且，凡是有少女、少妇出远门，也都要三五人结伴出去，再三五人结伴回来。

公安局要破此案，2000年9月9日，在李三云被强奸杀害后，就专门为此案成立了"9·9"专案组，派遣6名民警，到西岭万羊岗一带调查侦破。

但是3个多月里，他们守候在万羊岗一带，案未破，人未抓，得不到一点线索和头绪。"9·9"专案组没有触及犯罪嫌疑人一根汗毛。

于是，6名干警在当年12月31日打道回府。此案，就此悬了起来。

西岭万羊岗一带一连串的强奸杀人案，在登封市内几乎家喻户晓，人人皆知。

案件破不了，百姓们不理解，说什么的都有，此案成了人们茶余饭后的话题。

他们说，西岭强奸杀人，谁干的，为啥破不了，还是有后台！公安局会破案，咋破不了？强奸杀人案破了没油水，他们抓卖淫嫖娼、抓赌博，抓了罚款，罚了款分钱，这多实惠，多有油水。

这些话，通过各种渠道传到政府、公安局的耳朵里，使政府人员和公安人员都抬不起头来。

9天后，"万羊岗系列强奸杀人案专案组"成立。这是登封市公安局第二次成立该案专案组。

2001年4月底，当地群众看到，一位身材娇小的大眼睛少妇，在万羊岗一带或行走，或逗留休息。

人们想不到，她正是刚刚上任的公安局局长，她前来察看地形，制订侦破方案。

没几天，这条路上又多了两个更年轻的妇女。她们也经常出现在万羊岗，走走停停，停停走走，不知道是丢东西了，还是在等人。

她们是受命化装侦查的女民警。一个叫曹淑红，一个叫张红霞，是普通民警。

这是强奸案屡发不破的地带，竟有年轻女人独行。消息传开后，村里人为这先后出现在西岭万羊岗的路上、沟边、庄稼地里的妇女捏一把汗。

大家都说："你看吧，她们被祸害、被杀死的日子不远了。"

另外，还有 3 个男警察，其中有一位姓杨，是刑侦中队队长。杨队长就负责带领两个男警察和两个女警察在这一带"蹲坑"。

对于这一计划，任长霞说："这是第一方案，'蹲坑'，就叫'守株待兔'吧。"

杨队长说："逮狼。"

"听任局长说第二方案！"曹淑红打断队长的话说。

任长霞接着说："第二方案是'引蛇出洞'。"

实际上，"守株待兔"和"引蛇出洞"是交替使用的。

两位女警乔装打扮成农妇往来于万羊岗的 3 条土路上，早、中、晚 3 个时间"上岗"，过一段时间又化装成因计划生育超标而逃避处罚的人，在村里租了一间房子居住。

而男警们则化装成收废品的在邻村转悠，他们或在小山包的制高点观察，或往返于村与村之间，天天如此，从不间断。

从4月底到7月，在长达4个月的时间里，专案组成员日夜在这里"蹲坑"守候，蚊叮虫咬，烈日暴晒，忍饥挨饿。而且，他们在玉米地、高粱地里行走，脸上刮得都是血道子。

与男民警一样忍受这一切的两位女性，她俩的孩子小，还要饱尝思念孩子的折磨。如此又度过4个多月，可是，案件仍然悬而难破。

任长霞陷入了窘境，她再次召开局党委会。会议上，关于破西岭奸杀案的讨论十分激烈，最后集中在一个举措上：排查。

一位干警说："这叫'轰兔子出窝'，第三方案。"

任长霞当即拍板："同意。那就'轰兔子出窝'！"

登封市公安局刑侦中队队长刘效玉等3名便衣警察，也是专案组成员。

任长霞给他们的命令是：

化装侦查，主动出击，案件不破不准回局。

登封市公安局组织近200名民警，开始对西岭一带的耿庄、王庄、张庄进行"地毯式"的排查。每个村进行一次"地毯式"排查，就要对1000多人进行排查，工作量巨大。

终于，"蛇"出洞了，"兔子"被轰出来了，"色狼"现原形了。

2001年7月26日，又有一位妇女受害，狐狸的尾巴终于露了出来。

这天，距此不远的大金店镇派出所接到报案，有一个开出租三轮车的青年妇女被强暴后受伤。

天气炎热，蹲守在山头、沟边、高粱地的5个公安干警的脸上大汗淋漓。队长接到报案后，一抹脸上的汗水，又将晒得黑黝黝的4个人叫到一块说："可出来了！"随即带人赶往派出所。

受害人叫马春，她在大金店停车等客时，有一个30多岁的男人，要租她的车去莲花寺。车开到莲花寺停车场时，男子说他上寺里取个东西，要让她一块去。

马春想，也行，顺便到莲花寺磕个头，烧炷香。

但是，谁知道刚从停车场走出约有一公里，那男人突然扑上前去脱她的上衣，马春奋起反抗。

于是，男子就拿起了石头，马春说："你别打死我……"

这些情况是案发后3天，受害人在其家里人多次劝说下，由她弟弟陪同来报的案。

这一案件，时间短、距离近，而且马春又有详细的说明，对于歹徒的体貌特征有了具体的了解。

专案组干警立即将情况报告任局长，任长霞命令即刻带人到莲花寺去了解情况。

当干警来到莲花寺说明来意，讲清了歹徒的体貌特征后，老尼双手合十道："有一人像，他叫王少峰，家居偃师，1997年春节过后到寺里帮工，每天砍两捆柴火，寺里管他吃住。三四个月之前人就走了，已经不知去向。"

"为什么走了？"

老尼说："因他偷了寺里一个人的300元钱，被发现后，被痛打了一顿，从此王少峰无踪影，也再没来过莲花寺。"

任长霞即与专案组分析了情况，认为王少峰可能是无业游民，以砍柴帮工在寺院里混，很有可能还在附近寺院。

任长霞下令道："兵分三路，分别到山前山后的几个寺院进行调查。"

经过几天的调查了解，所到寺院的尼姑都说认识王少峰。

有一个尼姑说："他平常说话少，干活勤快，只是一见有女人进香，他必到屋里换干净道袍，走到女香客跟前，拍拍人家的肩膀，帮人扶扶香，有点烦人。"

其他的尼姑们也肯定地说："其实，他既不是和尚，也不是道士，不是出家人，不是云游，是游民。"

此后，在进一步对寺院进行调查后，任长霞将目标锁定在大仙沟一带的寺院。

这是因为，这里山高路险，平常人烟稀少，在犯罪嫌疑人受惊后，躲在这里的可能性比较大。

2001年7月31日，天阴沉沉的，任长霞与公安干警及受害人马春的弟弟来到大仙沟。

当他们往山上爬的时候，看见一个人上山，似乎是一个穿着道服的道士在采药。

当几个人走近时，采药人一见有人上山，丢下药镐就跑。

一名干警喊"站住"，可是越喊，那人跑得越快。

于是，任长霞下令说："追!"

可是，采药人熟知山路，身体壮，没多大工夫，便不见了踪影。

这时雷声隆隆，乌云又低又重，看看天色，任长霞判断，这个人有可能下山或跑到附近庙宇里去了。

于是，几个人先到公路口堵截他，但是路口没见人。

不一会儿，狂风大作，大雨倾盆，接着是一阵又一阵的冰雹。

这样的天气，任长霞估计采药人就在附近，他们立即开车到玄天庙。这时，雨下得更大了。

一名干警说："任局你就休息吧，看俺几个咋收拾假老道。"

任长霞一笑："先进去，要活口。"

玄天庙不大，当他们几个人进到院内，只见一穿灰褂子的道士在雨地里，匆匆忙忙向院内深处走去。

"就是他!"受害人弟弟大喝一声。

匆匆走动的道士,这时两只小眼凶光四射。

经过一番搏斗,干警终于把道士抓住,戴上手铐,押到车上。任长霞几个人这才开车向登封城的方向驶去。

经过三天三夜突击审讯,假道士王少峰供认:蹬三轮的妇女是他强暴的。

据他交代,自1997年5月1日,他在万羊岗一带共强奸妇女22人,其中4人被奸杀。

这个恶魔还"总结"说:"我身穿道袍,扮成出家人,没人防我,办案的公安也不会怀疑到我头上……女人一般不愿意说出去。"他还说自己力气大,先上去卡住女人的脖子,拖起就走。

残害妇女的恶魔落网后,西岭万羊岗一带万民欢腾,多年的恐怖一扫而光,22个受害的心灵得到了安宁。

他们列队到登封市公安局,有的要见见专案组成员,有的要目睹女局长的风采。

他们在送给任长霞的匾上面写着:

警界女英,不让须眉。

侦破盗牛案保护群众利益

2002 年的春天，登封市公安局在白坪乡声势浩大地召开了重大系列盗窃耕牛案的公捕大会。

大会给不法分子以有力的震慑，自发来参加公捕大会的农民有 3 万多人，其中很大一部分是远在 10 多公里、几十公里之外的农民，甚至有外地如禹州、汝州的老百姓。他们没丢牛，与盗牛者也没有关系，但也来了。

那么，盗窃耕牛案又是怎么回事呢？

原来，登封有一个白坪乡，世世代代在这里繁衍生息的村民们以土地为生。

山区没有现代化机械帮农民春种秋收，耕牛是他们种地的依靠，是唯一的"劳力"。

有时候，农民养牛卖牛，牛又成了他们唯一的收入。所以，耕牛是农民的命根子。

可是，盗贼偏偏打起了耕牛的主意。他们打耕牛主意的时候，正是农村要春耕的季节。这里的农户是靠耕牛在田间耕作的，尤其是春耕，离了牛就不能劳作。

这个时候，把耕牛拉到市场上去卖，也会卖上个好价钱。盗贼们想趁这个机会，大发其财。

但这可害苦了百姓，没有耕牛，怎么耕地，种不上庄稼，以后的日子怎么过。

靠人是不行的，人的力气是有限的，再说时间长了误农时啊！

一开始，东白坪村李家夜间丢了一头耕牛，天亮时李家人以为是耕牛自己挣脱缰绳跑了，等了一天耕牛也没回来，这才知道牛被人偷走了。

接着是梁家、李家等3家的5头耕牛被盗，这在村里引起了轩然大波。

然后又有几家耕牛不见了踪影，农户们叫苦连天，眼看要春耕了，牛一丢，这可怎么活呀！

于是，丢牛的农户结伴来到登封市公安局，找到任长霞报了案。

任长霞接到盗耕牛案之后，马上就意识到问题的严重性。她召集刑侦队民警开会说："耕牛被盗对农户是天大的事儿，要集中精力，迅速出动，限时破案，案破召开公捕大会，震慑一次。"

任长霞带民警兵分几路，在方圆近百里布下天罗地网，对东金店、大金店、白坪、告成等乡镇的村庄进行排查。

另外，她又组织小分队深入新密、偃师、大金店等地的牛市进行查找。

寒冬腊月，民警不畏严寒与山路崎岖，在3天之内，便告破了这一系列耕牛被盗案。

接着，任长霞在白坪乡召开公捕大会，给盗牛贼以沉重的打击和震慑。

20 个盗牛贼，被押在公捕广场的一角。这些贼低着头，嘴里冒着热气，有的还朝会场中央端坐的女公安局长任长霞瞄一眼。

任长霞宣布说：

> 乡亲们，我们登封市公安局现在召开系列
> 耕牛案公捕大会！

公捕盗牛贼大会开始之后，先由受害庄户代表发言，然后是乡里领导讲话。

接下来，登封市公安局副局长宣布：

> 将盗牛贼押上台来！

副局长话音刚落，威武的公安民警两人押一个盗牛贼，走到台前。

在强大的震慑之下，20 个盗牛贼低下了头。

正在这时，会场忽然乱了。随着锣鼓声、鞭炮声，从正东边的村口和正南的大路上出现了两股人群，他们喊着："我们要见任青天！"

"任长霞，女神警！"

"打击盗牛，保护农民！"

并且，乡亲们打出的横幅上写着一句感人的话：

任局长，您辛苦了，请保重身体。

这是怎么回事呢？很快，乡里负责人来报信儿说："不碍事！任局长，人家是外乡人，还有汝州的，没见过你，想借这个机会见你面的！"

"我？"任长霞吃惊，"我咋敢惊动这么多乡亲呢！"

这时，乡里领导站出来，走到台前，大声说："想见任局长的朝前来，白坪乡的让开道。"

乡里领导又笑着说："好事儿，老百姓心里装着你，局长，你看。"他指着远处的人群，接着对任长霞说："我估计有3万多人，农民拥戴他们心目中的好官儿，有不少是从邻县赶来的，得走好几十公里哩。"

端坐在公捕大会主席台上的任长霞见状，忽然哭了起来，并自言自语地说："给群众办一点儿事儿，他们就永远记在心里。"说完，她小声抽泣着。一会儿，她实在按捺不住心中的激动，竟然伏案痛哭了起来。

这使在场的近百名民警摸不着头脑。

女局长任长霞好哭。她既有泪水，也有铁拳，可谓是侠骨柔肠。

3万多人想见好局长，她的心软了，不由得感慨落泪，大放哭声。

这是随任局长召开公捕大会的几十名民警和乡里干部没想到的。

任长霞又一次控制不住了，她在大会上哭，哭出了

英雄事迹

声！乡亲们更动了感情，台上台下一齐哭。此情此景，男警察们的鼻子也都酸了。

公捕大会后，任长霞收到了一封信，这封信又令任长霞感慨万千。信中说：

今年12月7日，一伙盗贼摸进了俺村，偷走了梁学用、李满仓、梁夫元三家的耕牛，价值一万多元钱。

这几家在俺村的日子都不富裕，实指望将来牛能卖上一个好价钱，修房盖屋，娶媳妇，吃喜面，谁知道一夜间啥都没了，你说恨人不恨人。

远亲不如近邻，乡亲们都帮着找牛，东金店、大金店、告成、偃师、新密，眼也望穿了，可连根牛毛也没看见。

李满仓的老婆杜玉仙寻死觅活的，谁见了都陪着掉眼泪，恨不得马上抓住那些偷牛的人。

任局长，前几天开公捕大会时，我们得知那几个偷牛的贼叫咱们公安局的民警抓住了。

你知道当时我们老百姓最想喊的一句话是什么？"共产党万岁"，说句心里话，对公安局，老百姓已经有许多年没有像今天这样叫人感到亲切了。

以前许多案子都撂荒了，为啥您一来案子

就破了？

有人说："老任靠运气。"

可俺老百姓说："任局长是党的好干部，工作扎实，心里装着老百姓，干实事知民情，暖人心。"

另外，还有一封信，署名就有 100 多人，他们也是登封市白坪乡的百姓。

这 100 多人在信中没写几句话，但句句质朴无华，句句掏心窝子。

信中写道：

任局长：

早晚下乡，路过咱白坪，路过咱家门口，任局长您别不打招呼，您进家来坐坐，烤烤火，喝杯热茶，听乡亲们说几句掏心窝子的话。

任局长，乡亲们心里想着您哪！

摧毁黑恶团伙"砍刀帮"

2002 年的春天，登封公安局局长任长霞收到一封举报信。

这封信举报了一伙歹徒，列举了包括头目李心建在内的四五十个人。信上说：

俺们老百姓叫这伙子坏人为"砍刀帮"。

这封信举报的是一伙横行乡里的坏人，这伙坏人有个特点：一是具有组织，有头目；二是这伙坏人每人都备有尺把长的大砍刀；三是这伙人不仅有本地的，还有外地的，汝州、洛阳也有人参加。

"砍刀帮"？任长霞吃了一惊，她从警 20 多年，破了许多大案要案，端掉不少黑社会团伙，可从来还没有听说过"砍刀帮"这个名词。老百姓这样叫，说明这伙人肯定是十恶不赦。

任长霞觉得这封信虽然不长，但是怪怪的。信的署名是长长的一大串，但却不是人名，而是一句话："相信任青天的受尽欺压的几十个老百姓。"

另外，还有一个奇怪的现象是，信不是手写的，而是用电脑打印出来的。细心的任长霞发现，信从头到尾用了 12 种字体，而且这几种字体的字是拼接到一张纸上，又进行复印的。

这一切说明举报人既是一个细心人，胆子又非常小，这样的信，任长霞从警以来还没见到过。

这使她心中感到非常不安："在我们的天下，党的天下，老百姓反映情况怎能吓成这样？"

素有剑胆琴心美誉的任长霞，看着信上对"砍刀帮"的血泪控诉，拍案而起，下决心要剜掉这个毒瘤。

任长霞把这封信交给公安局有关领导传阅。传阅之后，大家形成一致意见：

案情重大，化装侦查，公捕震慑不法分子。

登封市公安局及时向郑州市公安局和登封市委、市政府作了汇报，郑州市公安局局长指示：

深挖细查，除恶务尽。

登封市委、市政府领导也明确表示：

全力支持公安机关尽快铲除"砍刀帮"这个大毒瘤，还广大人民群众一个安定、温馨的生活环境。

为及早打掉这个黑恶团伙，局长任长霞、副局长张敏分别担任"3·21"专案组正、副组长，进行调查取证。

2002年3月，君召乡的几个自然村里出现了一个收兔毛的女人。她留齐耳短发，两只眼睛炯炯有神，左手提着一杆小秤，右手掂了一个装有兔毛的塑料袋。

她在街上走，两眼东张西望，大声喊着："收兔毛，收兔毛哩。"

听见喊声，有的小孩子就跑出来，跟在她身后喊："收兔毛。"但收兔毛的女人脚步一停，孩子们便四散跑开了。

收兔毛的女人笑着喊："别跑，小朋友，咱这儿谁家养的兔子多啊？"

小朋友又跑到她身边说："那一家，刘奶奶家。"

"谢谢。"收兔毛的女人说完，径直朝刘奶奶家走去。进了门，收兔毛的女人便大声问："谁在家哩，我是收兔毛的。"

这家的刘奶奶从里屋出来，看都没看收兔毛的女人，就说道："来，这笼子里好几只兔毛都该剪了。"

收兔毛的女人说："我带有剪子。"

刘奶奶高兴地说："那就谢谢啦！"

收兔毛的女人说了声"不用谢"，就从笼里拉出一只兔子熟练地放在院里的石板上开始剪兔毛，边剪边与刘奶奶拉家常。

一开始，刘奶奶只关心这位眉眼俊俏的收兔毛的女人剪兔毛，但是当收兔毛的女人问到村子里是不是有点乱时，才想起收兔毛的女人是一个人来的。

刘奶奶便说："你咋一个人？这村里乱。"然后，又压低声音说："女人家出门要小心，要是碰见身上带大刀的就没命了。"

"这村有？"

"有！再出来得两人跟着。"

这时，收兔毛的女人已把兔毛剪完，说道："大妈，这是收兔毛的钱，你老点点。"

"中。"刘奶奶接过钱，说了声，"多了。"

这时，收兔毛的女人已经走到门口了，回头对刘奶奶说："我还得去收兔毛，再见了。"

一连几天，收兔毛的女人都在君召乡各村收兔毛，她有时两手空空提着大塑料袋，在村里街上大声喊"收兔毛，收兔毛"，有时背着一塑料袋兔毛，也是边走边喊"收兔毛"。

卖给她兔毛的人家都说："这女人长得真好，收价也高，说话也和气，就是好打听事，有时还问村里有没有带大刀的人。"

有人听了就说："那可不，她一个人出来做生意，又长得漂亮，她不问问情况，碰见坏人咋办？"大家一想，也就是，咱这一片多乱，要是撞上"砍刀帮"，那这女人可就惨了。

任长霞微服私访，副局长、刑侦队也都化装侦查，进行对"砍刀帮"的取证工作。

"砍刀帮"究竟是怎么回事？简单地说，就是在登封君召乡有一伙坏人，身佩砍刀，欺压百姓，横行乡里，若有人不从，大砍刀立即迎头砍去。

为什么他们能够如此非法胡为呢？原来这里位于嵩山南麓、颍河源头的登封市君召乡海渚村，土地瘠薄，远离城市，是登封、汝州、伊川三县、市的交界处，经济发展比较缓慢，属于该市的贫困乡镇之一。

家住海渚村 31 岁的李心建、29 岁的李心民仗着哥哥是村支书，家中人多势众，在村里说一不二，村民都怕他们三分，因此在村里横行霸道。

早在 1995 年，李心建在 22 岁时，模仿帮派头领，思谋着组织一个既能弄大钱又能为所欲为的帮派组织，就先后串通并"任命"在该市信用联社大金店信用社任副主任的本村人李二电为帮内的财务主管，本村的李建森为事务主管，其弟李心民，本村人常新建、邹少辉，石道乡石道村人孙振华分别担任一、二、三、四打架班的班长。

李心建自任帮主，并建立了帮规："入帮者必须由帮内 3 人介绍，参加打架 3 次经考查合格并交会费 100 元后方可。新成员入帮时还要召开全体成员会议宣布新成员。退帮或泄密者，要处以断其一只胳膊的重刑。"

凡帮会成员每人发一把砍刀，供作案时使用。李心建等人干了几起"大活"（案子），吸引了君召、石道两个乡的地痞无赖、社会渣滓、"几进宫"的劳改释放人员欧阳帅伟、常金刚、谢大涛、谢大刚、赵小欣、欧阳克建、靳胡松、陈宪章、李天平、李少红、李清杰、赵国等58名骨干人员。涉案人员有汝州、洛阳、伊川等市、县人。

自此，这个由李心建培植起来的黑恶团伙形成了气候，并起名"青红帮"，老百姓则称之为"砍刀帮"。

李心建一伙为非作歹，为害一方，公安机关虽经多次打击，但均因受害人害怕而不敢举证，未能除恶务尽，致使这个毒瘤越长越大。

1995年12月3日，李心建的姑姑死亡，他找阴阳先生看中了村民陈灿章、陈震章的地要作墓地，二陈不同意，李心建强行占地，又带"砍刀帮"将二陈砍伤。

1997年某一天，李心建手下用自制炸药将所谓"仇人"家的大门炸坏。

1999年，君召乡谢村村民谢某贷"砍刀帮"欧阳成的高息款，欧阳成多次逼债，谢某跳井自杀。

1999年7月，村民陈某雇用李心建的"砍刀帮"，每天管饭、吸烟，另发100元工资，为其讨要提留款和公粮，农民稍有不从，大刀立马砍去，由此将村民冯某、赵某砍伤。

"砍刀帮"成立7年来，他们共作案72起，偷窃汽车8辆、摩托车上百辆，受害群众100多人，这充分证明

"砍刀帮"是带有黑社会性质的犯罪团伙。

任长霞化装成收兔毛的女人，行程百里路，访百余人，终于弄清了这伙人的真面目。

当时，君召、石道两乡处于豫西大煤田的腹地，小煤矿众多，来此打工的有四川、安徽、河南、陕西、江苏等省的农民，这些人员极其复杂，且大多数又是在井下作业。

"砍刀帮"所盗的摩托车绝大多数销给了在这里的民工和当地煤窑的农民。

要调查落实一起案件，需多次寻找买车人取证，但这些人一听说买的是赃车，都东躲西藏不肯见面。

于是，审讯组采取涉案一人，审讯落实一个的办法，经过一个多月的艰苦奋斗，终于查清了该团伙共有58人作案，案件共有72起。

他们有抢劫、强奸、盗窃、故意伤害、寻衅滋事、敲诈勒索、聚众斗殴、私设地下法庭、插手民间纠纷、放高利贷、包讨债务、逼粮、逼款、向企业收保护费等种种犯罪事实。

为迅速打掉该团伙，专案民警集体住宿封闭办案。抓捕、审讯、取证、后勤4个组通力合作，昼夜奋战。

遭到打击已如惊弓之鸟的首犯李心建，骨干成员孙振华、李建森、欧阳帅伟、常金刚等人逃之夭夭。

为抓获在逃的主要犯罪嫌疑人，专案组把抓捕任务分包到每个抓捕小组或每个民警身上，实行责任承包制，使之自加压力，主动进攻。

同时，提取了砍刀等作案工具及一部分经费，自此拉开了摧毁以李心建为首的黑恶势力"砍刀帮"的序幕。

2002年3月18日夜晚，伸手不见五指，村里突然来了好多民警，有好事的跑出来一看，村里的10多个坏人都被警察抓上囚车了。

3月20日，该团伙"财务主管"李二电、主要成员靳胡松落入法网，使此案初露端倪。

这天，登封市公安局的大批人马又来到海渚村，抓走的坏人也被押了回来。

公安局还在村头空地布置了会场，在西北角，被抓捕的人身后都站有高大魁梧的警察，会场周围也布满了警察。

这时，从会场中间走出来一位身穿警服的女警，个头不高，英姿勃发。

"这不是收兔毛的女人嘛!"村里的不少人认出了这位女警。

"乡亲们。"那位女警说话了，她笑着说，"乡亲们有的认识我，我来咱村收过兔毛。"会场底下的人也笑了。

任长霞又大声问："我收兔毛的价钱公道吧?"会场下的人又哄地笑了。

忽然，任长霞收起笑容，大声说："我是登封市公安局局长任长霞，今天公安局在这里召开诉苦大会。"

她用手一指西北角站的犯罪嫌疑人，说："他们欺压百姓，横行乡里，罪恶很大，今天，有苦诉苦，有冤申冤……"

会场稍静了一会儿，接着就有人开始揭露这伙人的罪行，特别是一位妇女上台揭发这伙坏人的罪行，还没说几句，就激动得昏倒在主席台上。任长霞赶紧跑上去，把那名妇女扶了起来。

在大会结束之后，任长霞得到了许多有利的证据。

3月21日晚，由刑警大队大队长郭遂营率领30名精干力量，在刑警、巡警、治安警以及君召、石道派出所150多名民警的配合下，快速出击，对"砍刀帮"活动的中心区域君召、石道两个乡进行突击抓捕行动，抓获"砍刀帮"骨干成员18人。

4月5日深夜，专案民警一举将"帮主"李心建生擒。此人逃后在郑州做生意达一年之久。

随后，骨干成员孙振华、李建森、欧阳帅伟、常金刚也相继落入了法网。

在强大的政治攻势和法律的震慑下，谢大涛、谢大刚、赵小欣、欧阳克建也纷纷投案自首。

可是，狡猾的曾现峰、王彬彬一直潜逃在外。

专案组成员在刑侦大队副大队长的带领下，深挖细查，跟踪追击。当专案组得知曾现峰的女朋友在郑州一美容美发厅打工后，专案组人员立即赶往郑州，在其住处蹲点守候。

但是，该女友于次日2时回到住处时，民警们却没有发现曾、王二人的踪影。

民警们顺藤摸瓜，在胥店村将曾现峰、王彬彬、薛长英、李仁伟、李中仁抓获。

当年36岁的李文定是"砍刀帮"团伙成员之一，他性格粗野、心狠手辣，涉嫌参与爆炸、私藏枪支等，是个在逃达3年之久的骨干成员。

为尽快抓获李文定，民警们顺线追踪，终于查到了李文定从新疆昌吉回族自治州某处打往家里的电话号码。专案民警及时向新疆同行们通报，请求帮助。

2002年5月13日11时许，新疆警方来电称：李文定已被抓获。

接报后，民警蔡振忠、王玉峰乘火车赶赴新疆，可途中刮起沙尘暴，火车被迫停了一天一夜，他们在硬座上坐了60多个小时才到达新疆。

李文定被押解后，由于沙尘暴又起，火车不能开动，他们只好在乌鲁木齐火车站派出所值班室又等了20多个小时。

"砍刀帮"成员58人已全部落网，但取证工作又是一个大难题。

由于李心建长期盘踞在君召、石道两地，其黑恶团伙人员之多、手段之残忍，令受害群众十分惧怕，所以有些人不敢举报，更不敢作证。

4月29日，为了争取群众的理解和支持，打消群众的顾虑，局长任长霞组织专案民警到海渚村召开群众大会，进一步阐明了公安机关打掉"砍刀帮"为民除害的决心。

受害人胆子壮起来了，一个个走出来痛诉李心建等黑帮的恶行。受害人陈灿章、陈震章掀起衣服，露出条条刀疤，指控李心建一伙犯下的残暴罪行。

村民郭营业的爱人哭诉说，他们家因一些小事与李心建家不和，李心建于1998年4月25日夜和其弟李心民手持菜刀，踹开郭家的房门，向正在家中看电视的郭营业砍了两刀。郭忍疼抓住刀不丢，李心民挥刀又向郭的腰部砍了一刀后，二人扬长而去。

郭营业夫妻追赶二恶徒，李心民抓起郭家院内放的铁耙子打在郭的腿上，将郭打倒后，兄弟二人迅速逃离现场。

一时间，控诉会成了举报会。

通过这次会议，受害群众消除了顾虑，纷纷向专案民警揭露"砍刀帮"的恶行。

为了得到"砍刀帮"家属的支持和配合，公安机关采取召开家属座谈会的方法，促使他们配合公安机关规劝在逃犯罪嫌疑人投案自首，立功赎罪。

由于两大举措的实施，"3·21"大案的调查取证工作有了突破性进展。

5月8日，君召乡的老百姓再次见到了这位收兔毛的女人。

那是登封市公安局在君召乡开宣判大会，会场中间的主席台上，端坐着登封市公安局局长任长霞。她仍是齐耳短发，两只眼睛炯炯有神，威武精干。

群众知道"砍刀帮"成员被抓的消息后，一阵欢呼，会后老百姓还专门给任长霞送了一个玻璃大匾，上面写着：

巾帼英雄任青天

5月28日，登封警方又传捷报，横行于登封西乡一带，以李心建为首的带有黑社会性质的特大犯罪团伙"砍刀帮"彻底覆灭，36名骨干分子被依法逮捕，人民群众无不拍手称快。

擒大要犯，抓小毛贼，破丢失耕牛案，铲除"砍刀帮"，雷鸣电闪、手脚生风地连破了一堆大案后，登封的社会治安立竿见影地好转。

老百姓的摩托车不锁就敢放在街上过夜，任长霞在登封人心里变成了雷震嵩岳的女神警和"任青天"。

在郑州打黑两年，她把350多名涉嫌杀人、抢劫等重特大犯罪嫌疑人送上了法庭。

英雄化作长空彩霞逝去

2004 年 4 月 14 日 7 时，任长霞准备起床，睡意未消的她几乎是挣扎着起来的。

她打电话叫行政科长来，当女行政科长走进她的办公室兼卧室时，她才从床上坐起来。

她马上要去郑州，向郑州市公安局领导汇报一件人命大案的侦破工作。

为这个案子长时间没有得到侦破，好强的任长霞挨了训，她忍不住当着批评她的老领导就哭了："我这么不容易，你们一点也不体谅我……"

而这一次去郑州，她是带着线索去的。任长霞把骨干力量全部集中到这个人命大案中去了。

8 时，任长霞来不及吃早点，就准时出发了。

眼疾手快的行政科长抓了张餐巾纸，包着两个菜馍、一根黄瓜，塞到任长霞手里。

可是，谁也不会想到，这是 40 岁的任长霞告别人世前的最后一顿饭。

任长霞走时，穿着一身墨绿色的衣裙。临出门之前，她还对着镜子涂了口红。

14 日 9 时，任长霞赶到郑州，直接冲到了正在开展义务植树活动的现场，拉住郑州市公安局副局长杨玉章，这是她尊敬的刑侦专家。他们就坐在马路边上摊开张报纸，比画起了案发现场的情况，也不顾头顶上是太阳的热浪和身边过往车辆扬起的烟尘。

任长霞让跟着自己出来的登封市公安局副局长等人先回去，在登封等自己回去开专案组全体会，时间定在21时。

接着，任长霞到郑州市人代会上报到，办理参加人代会的相关手续，又在郑州对几条案件线索进行一一查证核实。

20时20分，她准备往登封赶了。

其实，人代会第二天早晨要开幕了，作为市人大代表，她肯定要黎明即起，再回郑州开人代会。另外，她家住在郑州，任长霞已经20多天没有见到丈夫了，回家小住一晚又何妨？

然而，任长霞没吃午饭、晚饭，只喝了一听可乐，就又匆匆登上了回登封的车。

20分钟后，在郑少高速公路150桥东190米处，任长霞乘坐的本田轿车与右前方没有尾灯、同方向行驶的大货车左后方追尾相撞。

事故发生后，大货车姓李的车主立即报警，郑州市交巡警随即到现场进行了勘察调查取证，并组织了技术鉴定，结论为本田轿车车速过快，撞至解放大货车造成。

任长霞抱着提包，倒在了车后座上。她的颈椎、胸椎受到瞬间重创，她被以最快速度送往了郑州市中心医院抢救，送入医院时她的瞳孔已放大。

医生几经努力均未奏效，医生说："抢救过来，最好的结果是一个植物人。"

卫春晓说："抢救！她成了植物人，我养着她！"

听到局长出车祸的消息，登封市公安局的干警用最快速度冲向郑州。几经领导劝说和命令，他们仍然守在外边不走。干警们拉着大夫说啥不松手："要啥器官，俺捐，俺没意见……"

15日1时，医生用尽了一切手段。然而，任长霞的手还是凉了。

丈夫不允许任何人给妻子换衣服，尽管当地的习俗是家里人不能给故去者更衣，但他不管，自己给妻子轻手轻脚地换上干净内衣，再穿上警服。

领导们商量，任长霞是登封的局长，她去了，还是把她送回登封吧。

4月15日凌晨，任长霞躺在一辆救护车上被送回登封，后面是一长列默默闪着警灯的警车。

车上，丈夫陪着任长霞。卫春晓一路握着妻子的手，不停地问已经不能回答的妻子："长霞，你这是咋回事呢？你这是咋回事呢？"

后来，主治医生介绍说："抢救过程中，我们打开任长霞的腹腔，发现胃里一粒米都没有。"

所有的人，泪流如雨。

三、 榜样力量

● 2004 年 6 月 8 日，中共中央宣传部、公安部、全国妇联在人民大会堂小礼堂，联合召开任长霞同志先进事迹报告会。

● 中国十大女杰、全国三八红旗手、河南省登封市公安局局长任长霞的事迹传遍祖国的大江南北。在英雄事迹的感召下，又涌现出许多感人的事迹。

举行任长霞事迹报告会

2004年6月8日，中共中央宣传部、公安部、全国妇联在人民大会堂小礼堂，联合召开任长霞同志先进事迹报告会。

演讲台上，以壮美的嵩山作为背景，锦簇的鲜花作为映衬，一幅身着警服的任长霞的照片镶嵌在金盾轮廓的画框中，愈发显得英姿飒爽。

报告会上，国务委员罗干会见了任长霞同志先进事迹报告团并讲话。

罗干指出：

任长霞同志对党的事业无限忠诚，对人民群众无限热爱，对犯罪分子疾恶如仇，在工作中以身作则，率先垂范，把美好青春和全部心血都奉献给了党和人民，是立党为公、执法为民的典范，是公安政法队伍的优秀代表。全国公安政法干警要按照胡锦涛总书记、温家宝总理的要求，以任长霞同志为光辉榜样，自觉实践"三个代表"重要思想，充分发挥职能作用，为党和人民再立新功。

全国人大常委会副委员长、全国妇联主席顾秀莲在报告会上也讲了话。

中共中央宣传部，公安部，全国妇联，河南省委、省政府有关负责同志参加了报告会。

任长霞同志先进事迹报告团成员报告了任长霞同志的先进事迹、模范行为和崇高精神。

报告会上，男女主持人深情悲痛地说：

> 4月的登封，泪纷纷，雨纷纷，满城泪雨送亲人；4月的登封，花含悲，松低垂，漫山松柏祭英魂。

硕大的屏幕上，登封十里长街，10多万民众为任长霞送行的画面交替叠印，专为任长霞谱写的歌曲《永恒的彩霞》主旋律慢慢响起。

座无虚席的小礼堂里，来自国家机关、政法系统、部队、学校的五六百名代表，屏住呼吸，认真聆听。听着任长霞同志生前的学友、战友、亲人含泪讲述长霞的故事，台下不时传出低低的抽泣声。

北京市外事职业高中的学生们是这次报告会年龄最小的听众。他们穿着整齐划一的制服，略显稚嫩的脸庞上挂着泪水。

这所学校的学生卫竹君在听报告时，不停地用手绢擦眼泪，她说："最让我感动的是，任阿姨帮助失去父母的孤儿，把那个小孩当成自己的亲女儿一样看待，她是一个充满爱心的人。作为一名人民警察，她为人民奉献了这么多，任阿姨是值得我们学习的榜样。今天我在这里学到了很多……"

商务英语高一班的郑含媚告诉记者："以前学校老师也讲过一些英雄的故事，比如邱少云、董存瑞等，但他们对于我们新生一代来说是那么遥远。这次任长霞的事迹报告会让我第一次感觉到原来英雄就在我们身边，离得那么近。"

同样是来自这个班级的陈晓强说："任长霞走得太可惜了。她太了不起了。作为一名公安局局长，她没有一点架子，和老百姓特别亲。我想她对我今后的为人处世会产生很大的影响。"

中华女子学院团委老师赵浩说："说起来，任长霞跟我们学校还有一定的渊源。作为全国妇联直属的院校，中华女子学院在每届'十大女杰'评选完毕后，都会邀请她们到学校为学生作报告，目的是对学生进行思想道德教育。2002年，我们就邀请了任长霞到我们学校作报告。学生都反映以前听报告的时候，对她的印象就很深。所以这次学校方面很珍惜这个机会，这等于给学生们上了一堂生动的思想道德教育课。"

赵老师认为，以前曾经听过任长霞本人的事迹报告，现在再来听她身边的人的讲述，将两者结合起来，会使学生对以前的报告有所思考，更能领会一些东西。所以她觉得非常有必要组织学生来听这个报告会。

同一天，由中共中央宣传部新闻局、公安部宣传局、全国妇联宣传部联合编辑出版了《任长霞》一书。

此后，任长霞先进事迹在全国迅速传播，任长霞的故事感动着每一个人，任长霞的精神打动着每一个人。

2004 年 6 月 15 日，任长霞事迹报告会在河南省人民会堂举行。

1500 名公安干警、武警官兵、各界代表，怀着崇敬的心情，聆听了任长霞先进事迹报告团团员声情并茂的报告。大家被任长霞同志的先进事迹所打动，许多人流下了眼泪。省委常委、省政法委书记钟文参加报告会。省公安厅厅长王和平号召全省公安机关和广大公安民警迅速掀起向任长霞学习的热潮。

9 时，当报告团 8 名成员走上主席台和大家见面时，会场响起了雷鸣般的掌声。

少先队员向报告团成员献花。

首先上台报告的是河南省登封市公安局副局长赵彦铮，他详细介绍了任长霞担任登封市公安局局长的 3 年中，如何整顿警风警纪，使登封市公安局先后获得"全国控申工作先进单位""河南省文明单位"等荣誉称号，甩掉了落后的帽子，步入辉煌的发展阶段；如何带领干警连破一系列杀人、抢劫、强奸案，被老百姓封为"女神探"，直到牺牲在工作岗位上的感人事迹。

河南省登封市告成镇农民冯长庚，用他的亲身经历，让大家知道任长霞是怎样为老百姓办好事的。

河南省郑州市自来水厂工程师任丽娟是任长霞的妹妹，她回忆了任长霞在对待家人以及生活中的点点滴滴，再现了任长霞琴心剑胆的侠骨柔情。

2004年7月15日，《人民日报》刊登了一篇题目为《任长霞先进事迹感动广东听众》的文章。文章中说：

> 7月14日上午，由中宣部、公安部、全国妇联联合组织的任长霞同志先进事迹报告团在广东省委礼堂举行首场报告会。任长霞同志的先进事迹感动了每一位到会者。"任长霞是我们的榜样，我们将继承她未竟的事业，为人民服务，为身边人服务。"会后，一位李姓与会者抹着泪深情地说。
>
> 报告会上，河南登封公安局副局长赵彦铮、任长霞的妹妹任丽娟、登封告成镇农民冯长庚、郑州市电视台记者牛晓农分别从不同角度讲述了任长霞这位党的好干部、人民的好警察、百姓的贴心人的英雄事迹。
>
> 报告团成员牛晓农介绍说，她在采访一名被任长霞逮捕和受其帮教的罪犯时，这名犯人动情地说："这是一个好人！我将努力改造好自己，重新做人，为社会作出应有的贡献。"

2004 年 7 月 15 日，广东学习任长霞同志先进事迹座谈会在广州珠岛宾馆举行。广东省委政法委、省委宣传部、省直机关工委、省妇联等部门 1400 多人参加了报告会。与会代表纷纷表示，要学习任长霞，反省自我，改进工作作风，贯彻"三个代表"重要思想。

2004 年 7 月 26 日 9 时，任长霞事迹报告团福建之行的第二场报告会，在福建会堂隆重举行。

受省委代理书记、省长卢展工委托，省委副书记王三运在福建会堂会见了任长霞同志先进事迹报告团全体成员，并和其他省领导参加了报告会。

报告团成员有任长霞生前的同事，有受过她帮助的百姓代表，还有她的亲属和郑州电视台记者。

河南登封市公安局副局长赵彦铮，讲述了任长霞 20 余年从警经历，与黑恶势力及犯罪分子斗智斗勇的先进事迹。他说："现在长霞走了，每当破案遇到难题时就会想起她，要是长霞局长在就好了。"说到这里，这位铮铮硬汉忍不住哽咽了。

在两个小时的报告会上，1500 多名听众一直被任长霞的先进事迹感动着，人们都深深沉浸在对英雄的缅怀之中，雷鸣般的掌声不时响起。

"又是一位党的好儿女、人民的好干部，她的事迹让我们想起了孔繁森、谷文昌。"一位老干部在现场由衷地评价。

"她是我们公安战线的楷模，为我们树立了立警为

榜样力量

公、执法为民的榜样，我们一定要好好学习，继续她未竟的事业。"一位公安干警这样表示。

"报告会不但内容感人，形式也很生动，我只觉得时间太短了。以前真的很少有这样的感觉。"一位眼中还泛着泪光的女同志说。她在报告会结束后仍久久不愿离去。

同一天，公安部政治部副主任、宣传局局长孙永波视察了福州东街派出所和福州市公安局指挥中心。孙永波要求公安宣传干部大力弘扬任长霞精神，唱响人民公安为人民的主旋律。

2004年7月27日，《人民日报》刊登了一篇题为《任长霞先进事迹打动福建观众》的文章。

文章中说：

> 掌声一次次响起，泪水一次次流下。斯人已逝，英风长存，今天福州市福建会堂内，任长霞同志先进事迹报告会让台上演讲者与台下的聆听者，眼泪汇在了一处。
>
> 来自福建省直机关和政法战线的1500名机关干部、公安干警和武警官兵参加了任长霞同志先进事迹报告会。
>
> 任长霞生前战友、亲属以及登封市的普通农民，用自己的亲身感受向与会者生动介绍了她忠于党、忠于人民的一生。在两个多小时的报告中，雷鸣般的掌声不时响起，整个会场沉

浸在缅怀英雄的凝重气氛中。

参加报告会的福建省公安厅的部分干警告诉记者：任长霞同志笃定理想、永葆本色、对党忠诚的崇高品质最让他们感动。他们表示，一定要把学习的收获转化为实际工作中的巨大动力，进一步振奋精神，做好本职工作。

福建省委副书记王三运在会上说，任长霞是人民的忠诚卫士，是领导干部立党为公、执政为民的楷模。

全省特别是党政机关、政法系统一定要兴起扎实有效地学习任长霞同志热潮，对照先进找差距，强化整改促落实。

公安系统要把学习任长霞与正在全省兴起的建设"平安福建"活动紧密结合起来，为福建努力营造一个团结和谐的政治环境、安定稳定的治安环境、公平竞争的经济环境、规范有序的法治环境和安居乐业的生活环境而奋斗。

9月4日，任长霞事迹报告会在商丘天宇大酒店隆重举行，千人会议室座无虚席，掌声如潮。

该报告团由省委组织部、省委政法委、省公安厅、省妇联联合组织。

报告团成员由任长霞的亲属、同事、新闻记者和被救助的人组成。他们一个个声音哽咽、声泪俱下地从不同角度、不同侧面展现了任长霞同志的光辉业绩。

报告会后，市委书记刘满仓发表了激情澎湃的讲话。

全市1000余名各界代表和人民群众或在现场、或通过电视台实况转播，聆听了这场感人至深的报告会。

睢县县委书记魏昭炜深有感触地说：

任长霞是睢县人，英雄离我们并不遥远，我们要以任长霞为榜样，化悲痛为力量，完成英雄未竟的事业，激励全县人民涌现出更多长霞式的人物。

市公安局副局长许方军等也纷纷表示："人民警察为人民着想，群众事情无小事，学长霞要从做好本职工作做起。"

2005年3月10日，在江西省艺术剧院内，1600多名江西省直机关干部群众和政法系统民警聆听了任长霞的先进事迹报告，长达几个小时的"任长霞先进事迹报告会"深深地感动着每一位观众。省委常委、宣传部部长刘上洋接见了报告团。

据介绍，河南省登封市公安局局长任长霞先进事迹报告团已在全国巡回报告140多场，听众超过12万人。

报告团成员从不同的侧面，以自己的亲身经历，用质朴的语言讲述了任长霞生前在工作、学习、生活中一个个扣人心弦的故事，诠释了一位新时期公安局局长以身作则、忘我工作、亲民爱民、疾恶如仇的深刻思想内涵。

可以说，任长霞英雄事迹感染着每一个人，她的英雄故事将永远在人民心中流传，她将永远是每一个人学习的榜样。

以任长霞为榜样的宋鱼水

2004 年 6 月 8 日，中国十大女杰、全国三八红旗手发出关于向任长霞学习的倡议书，全文如下：

全国广大妇女姐妹们：

连日来，"中国十大女杰"、"全国三八红旗手"、河南省登封市公安局局长任长霞同志的事迹传遍祖国大江南北，我们在为任长霞同志不幸因公殉职而痛惜的同时，更为任长霞同志的壮丽一生而感动，为任长霞同志的卓越成就而骄傲。任长霞同志是忠诚践行"三个代表"重要思想的楷模，是党培养的好干部，是人民的好女儿，是全国妇女学习的好榜样。她以自己平凡而伟大的奋斗历程，为新世纪的祖国谱写了巾帼儿女新的光辉篇章，为当代中国妇女树立起一面鲜红的旗帜。

在此，我们向全国亿万妇女姐妹发出倡议：

向任长霞同志学习。学习她热爱党、热爱祖国的坚定信仰，学习她心系百姓、竭诚为民的公仆情怀，学习她爱岗敬业、自强不息的顽强意志，学习她清正廉洁、公而忘私的高尚情操，学习她追求卓越、勇于创新的时代精神。让我们在任长霞同志精神的鼓舞下，以更加昂扬的斗志和饱满的热情，积极投身社会主义现代化建设的伟大实践，为全面建设小康社会、开创中国特色社会主义事业新局面作出新的更大的贡献。

中国十大女杰、全国三八红旗手

2004 年 6 月 8 日

河南省登封市公安局局长任长霞的事迹传遍祖国大江南北，在中国十大女杰、全国三八红旗手的号召下，在英雄事迹的感召下，又涌现出许多感人的事迹。

女法官宋鱼水，时任北京市海淀区人民法院知识产权庭庭长。她公正高效地审理了各类民商事案件，其中300 余件属于疑难、复杂、新类型案件，均取得良好的社会效果，被当事人誉为"辨法析理，胜败皆服"的好法官。

宋鱼水积极探索市场经济条件下民商事案件审判规律，创造了一套适合国情、最大限度化解纠纷的办案方法，发表了 10 多篇对审判实践有积极意义的学术论文和调研报告，成为审判前沿的优秀带头人。

她听到任长霞的事迹后，受到了深深的感动，因此她决心以任长霞为榜样，更加努力地工作。她在工作中表现出的良好职业道德和司法水平，受到同行和社会的广泛称赞。

2005年初，宋鱼水来到海淀桂香村食品厂。对过去经办的重点案件进行回访，是她多年来的习惯。

看到这家京城老字号红火生产的场面，宋法官非常欣慰。然而在2004年2月的时候，这家企业却因为一场商标纠纷被告上法庭，生产一度陷入了困境。

那时，在法庭调查过程中，宋鱼水了解到，原告与被告原本同根同源，40年前由一家企业一分为二，分家后，"老大"将"桂香村"注册了商标，"老二"注册了"圆明园"商标，但在糕点包装上依然沿用惯例使用"桂香村"3个字。

在宋鱼水看来，有着历史渊源的老字号商标纠纷问题，不仅仅是一个法律问题，法庭之上她还在算着另外一笔账。

宋鱼水说："桂香村这个案件，调解书写得非常长，为什么写得这么长？主要是法官觉得因为调解涉及公共利益的保护问题。"

在当时，这场官司让两家企业的员工都感到了一种恐慌，叫了几十年的老字号招牌如果判给了对方，自己该怎么办？

被告佟立强说："我先头去法院的时候害怕，我真的有点胆战心惊。"

企业员工说："如果没有这个桂香村标志，也可能将来就没有了这个企业，将来的命运，你还不是说受一点损失啊，将来你去干什么，是改行还是怎么着。"

对于老字号企业的职工来说，老字号不仅仅意味着一个品牌，更是一种感情上的寄托。

被告佟立强说："你到车间去看就知道，全是老职工。"

企业员工说："干那么多年，要说没感情，说实在的都是瞎话，都有感情。"

宋鱼水说："对这个企业的归属感，不仅仅是现有的职工，那么几代人的职员对这个老字号的感情，说到这个层面那可能是更深了。"

着眼于老字号历史渊源上的复杂性，宋鱼水认为简单地一判了之和久拖不决，都必将带来两败俱伤的后果。为此，宋法官先后6次不厌其烦地为两个企业进行调解。

宋鱼水说："怎样让损失降到最小，能够最大限度地化解矛盾，判决总是最后的方法。任何一个法官都会尽力地去调解，原被告双方的利益损失都降到最少的话，那么社会的损失就会降到最少。"

面对宋鱼水这样认真负责的法官，被告佟立强说："打官司我要是遇上宋庭长这样的，我心里踏实，能给我做主。"

原告李广生说："宋法官能够入情入理，既有法律的依据，在做工作的时候又能够以情动人。"

科学发展观的道理唤醒了两"兄弟"企业共同维护

百年老字号的社会责任，使双方最终协商共同规范使用桂香村标志，携手走上了协作发展之路。

通过调解，老字号的招牌被越擦越亮，宋鱼水庭审手记结尾的字里行间充满着喜悦。

在她的手记里这样写着：

> 刚是法律，柔就是方法。
>
> 看到他们握手言和、皆大欢喜，我由衷地高兴。

宋鱼水经办民事案件总是尽可能地减小当事人的损失，把追求社会利益的最大化当做自己的办案原则。

宋鱼水说："调解会最大限度地消化矛盾、最大限度地避免损失和浪费，如果当事人能友好地合作，对社会也是一笔财富，能够有力促进社会经济的发展和当事人之间的和谐。"

案件没有"大小"之分，小纠纷处理不当也可能酿成大矛盾，这是法官职业的要求，也是党性的要求。

案件没有小案子，当事人没有小人物，这是宋鱼水的审判标准。15年前她经办的第一起案子是为一位普通的送菜工追讨血汗钱，她至今还记得那位送菜工打赢官司后，领回几百元钱，流着泪向她说谢谢的情景。这样的小额案件，在宋鱼水审理的1200多起案件中不在少数，在这位女法官心中却是小中有大。

宋鱼水说："小额案件与标的重大的案件相比似乎不值一提，但能为一点点钱上法院的人大多都是贫苦的人，钱尽管不多，但往往关系到一个家庭的吃穿生计，所以我想一个公平正义的社会一定要是一个充满关爱的社会。"

宋鱼水的外表与人们想象中的法官形象有很大差距，毫不凌厉，温婉和煦，即便是法袍加身的审判庭上，也从不疾言厉色、咄咄逼人。

她说："我自己曾是弱势群体中的一员，希望所有的人能受到平等、公正的对待。对那些困境中的人，我总是很容易产生强烈的认同感和责任感，激起尽百分之二百的努力帮助他们的冲动。"

这几乎便是她的本能。一天，面对众多年轻记者，宋鱼水在解释自己为什么常常不厌其烦、连续数小时倾听当事人的陈述，乃至包容他们的激烈情绪和语无伦次时，突然一反常态武断地摆手说："其实，你们不会真的明白我的感受。"那一刻，她看起来无奈而惆怅。

宋鱼水最有名的庭审风格之一，是无论时间多长，当事人的身份和举证能力如何，永远目光直视对方。一位律师说，法官是知识含量很高的职业，很多受过这方面教育的人不由得会产生职业优越感，精英意识很强，过度重视技术性结果，缺乏对当事人的人文关切。

一位老作家因为稿酬问题告到法院。庭审中，这位老作家用诗一样的语言来回10多遍反复阐述自己一个观点，旁听的人打起了瞌睡。但宋鱼水目光却一直没有离开当事人。直到他们没有新的说明了，宋鱼水才向双方讲解出版合同方面的法律规定。

老作家仔细地听着宋鱼水的讲解，突然出人意料地说："法官，我接受被告的方案。这事发生后，你是第一个完完整整听完我讲话的人，你对我的尊重让我信任你，我尊重法庭的意见。"

与她共事10多年的法官曲育京说，她是把朴素的个人同情心，放大成更高层次的对社会大众的宽容与善待。

和宋鱼水一起办案子的同事说，她是货真价实的"永动机"，无时无刻不在运转，不知疲倦。同事李颖和她一起办理《十送红军》的著作权侵权案。当时，仅开庭笔录就达四五十页，还要收集、调阅大量相关资料。李颖看到，宋鱼水不仅逐字阅读相关法律文件，连音乐入门的书籍也每本都不轻易放过。

宋鱼水先后荣立一等功两次、二等功两次，获得了全国"十大杰出青年法官"、"人民满意的好法官"、全国"十行百佳"妇女、"全国三八红旗手"、"全国模范法官"、"中国法官十杰"、"人民满意的政法干警标兵"、"2008中国职场女性榜样"等荣誉称号。

可以说，任长霞的精神感动着宋鱼水。但在很大程度上，她们都是精神超越常人，而不是体能。

学英雄铸警魂的赵振金

2004 年 6 月，公安部发出关于向任长霞同志学习的决定。决定下达后，任长霞的事迹感动着一位一心一意为人民办实事的派出所所长赵振金。

赵振金是大连市公安局一位基层派出所所长。他从警 28 年来，始终践行"为人民群众当民警，当人民群众满意的民警"的誓言，在最基层的平凡的公安岗位上做出了非凡的业绩。

尤其是在任长霞事迹传遍全国后，他更是身体力行地把全部心血乃至生命都奉献给"人民公安为人民"的无悔选择上来。

赵振金是廉洁为民的楷模。他担任大连市开发区新港派出所所长 20 年，始终无私无畏，光明磊落，一身正气，秉公执法。

新港地处大连市对外开放的最前沿，辖区既有对外港口，又有数家高档酒店、宾馆、桑拿、歌厅，但赵振金拒腐蚀永不沾，从不进辖区酒店宾馆吃喝，从不为金钱美色所动，从不收受他人财物。

赵振金说："人民满意是一把尺子，是一面镜子，只有你在这面镜子前不觉得脸红的时候，你才是合格的人民警察。"

他还时常说："派出所不是交易所，要当人民群众满意的所长，首先过好廉洁关，做一名两袖清风的'傻'所长。"

赵振金是为民奉献的表率。他扎根基层，服务群众，从不懈怠，从不抱怨，带出了一个让党和人民满意的基层民警队伍。

赵振金认为，"小所长、大责任"，必须一心扑在工作中，才能做好本职工作。他忘我奋斗，勤于思考，勇于开拓，探索出一条独具特色的集"打、防、控、管、建"为一体，标本兼治的基层公安新路子，为辖区的经济发展和社会和谐创造了良好的治安环境。

赵振金连续四届荣获"全国优秀人民警察"称号，他工作的新港派出所先后荣获"全国优秀公安基层单位"等各种称号 70 余次。

新港派出所的辖区面积 7.7 平方公里，常住居民 7500 多户，外来人口最多时有 9000 多人。这一家一户，大事小情，啥都离不开派出所。

新港派出所 6 个人，除了日常的治安和户籍管理，还要承担其他部门的 3 个职能，即港船管理、外来人口管理以及交通管理，工作量可想而知。

镇上今天来了个外乡人，明天哪个五保户又没有面了，赵振金都看在眼里、装在心上，总是在第一时间把问题解决掉。在这里谁都可以搭赵振金的车进城，就像坐不花钱的"招手停"。

有人说他活得累，他却回答说：“派出所实际上是为老百姓存在的，要是没有老百姓，派出所也就没有存在的必要。”

曾经被赵振金请来搭班子的阎善德回忆，赵振金不会唱歌，多少年了，开心不开心的时候，他就只会哼上一句：“把所有问题都自己扛……”

赵振金生前常说：“俺这所是全市最小的所，可要我说，你把小岗位大服务这个概念弄清了，你把‘管老百姓’还是‘为老百姓’的概念弄清了，你的工作就有方向了。”

赵振金最自豪的，就是“咱家民警”都能哈下腰给老百姓干事。

新港有一个华岭，原来是一个陡坡，有 1000 多米长，坡上有一个胳膊肘弯儿，一到冬天下雪的时候，经常出现侧滑、溜车、撞车现象，进不来，出不去。20 多年来，派出所成了扫雪“专业户”。

一到下雪天，他们就会向坡路上垫炉灰、铺沙子，一干就是几个小时。因为路滑，有的车开到半道就开始打滑，派出所民警就一起把车推到坡顶。

居民丁福有说：“20 年了，老百姓也形成了习惯，下雪天谁也不找，就找他们，为啥呀？就因为他们真心为老百姓干事。”

新港镇下辖一个鲇鱼湾村和几条街道。一进新港就有一块大牌子，上面写着：

榜样力量

一进鲇鱼湾，倍有安全感。

这是老百姓自发竖起来的。

82 岁高龄的贾庆印老人说："我们就是要让外人知道，新港有个好环境。好环境谁给的啊？赵所长和他的派出所！"

所长为自己和每个民警都配备了一双胶鞋和一支手电筒。20 年来，不管刮风下雨，民警们每天晚上都坚持对管区内重要路段进行巡逻，一旦小巷深处发出异样的声音，几道刺眼的手电光就会立刻照射过去。

赵振金生前在日记里写道：

如果警察是琴，弹出来的注定是豪迈；
如果警察是诗，读出来的注定是凝重；
如果警察是泉，喷出来的注定是勇敢；
如果警察是砖，砌出来的注定是忠诚。

就在去世前几天，赵振金在接受大连《警方传真》记者卢建伟采访时说：

我这辈子的心思就在新港，把这个地方弄出名堂了，弄好了就对得起咱自己的良心。

2006 年 9 月 9 日，55 岁的赵振金因过度劳累，突发心肌梗死。

赵振金牺牲后，他刀枪不入的铮铮铁骨和简单、清廉的生活方式，被当地百姓交口称颂。他的疾恶如仇、两袖清风、无私奉献的人生选择，在人们心中树起一座不朽的丰碑。作为一位基层的干部，他用忠诚、用生命，唤醒了一些人心中冷淡多时的对理想和信念的向往。

任长霞的故事感动着赵振金，赵振金的故事感动着我们。正因为有任长霞和赵振金这样的人存在，我们的大地才正气不绝，我们的国家才和谐健康。

赵振金忠于职守，一心一意为人民，他和任长霞一样，树立了新时期公安民警的光辉形象。

执法向英雄看齐的黄学军

2004 年 7 月 14 日上午，由中宣部、公安部、全国妇联联合组织的任长霞先进事迹报告团，在广东省委礼堂举行报告会。

报告会感动着许多人，也深深地感动了广东佛山市中级人民法院民一庭庭长黄学军。

在黄学军审理的许多起民事案件中，无一发回重审，无一超审限，无一错案。她锲而不舍地追寻的永远是法的正义。她听到任长霞的事迹后，更是坚定不移地遵循"和谐、公平、公正"这一执法的精神。

2004 年 12 月 17 日，在佛山打工的农民工小陈和小王在一起交通事故中不幸身亡。一审法院依据农村户口的标准，各判决死亡赔偿金 8 万多元，这个数字是具有佛山市户口的城镇居民赔偿金的三分之一。

两位死者的家人提起上诉。当他们找到当地律师事务所的律师张翊时，这位律师对此案基本不抱希望。

这是因为，首先一审判决结果是当时全国法院的普遍做法；其次，类似案件他也代理过，但从来没有赢过；再次，在这之前，虽然广东省高级人民法院曾有过一个意见"受害人的户口在农村，但发生交通事故时，已在城镇居住一年以上、且有固定收入的，在计算赔偿数额时按城镇居民的标准对待",但举证到什么程度才符合规定,作为律师也难以把握。

2005 年 9 月,黄学军接到了这起交通事故损害赔偿案。官司开庭,法庭上,原告方提供了作为农民工在现实社会条件下所仅仅能够提供的工厂证明信及暂住证,被告律师极力表达这一切都不足以证明事实。律师张翊和当事人都做好了此案件将极其艰难而漫长的心理准备。他们没有想到,开庭后第三天,黄学军法官便作出了终审判决:认定被告方提供的暂住证、工厂证明等证据与法庭调查的相关旁证相互印证,可以证明死者在城里工作一年以上,故死亡赔偿金按佛山居民标准计算,每人由 8 万多元改判为 24 万多元。法庭为之震撼!

此案死者家属的委托人、农民工陈寅基说:"在很多人眼里,农民、农民工都低人一等,这个判决给我们农民一个好大的面子,它消除了对农民的歧视,给进城农民真正意义上的平等!"这个"开先河"的案子震动了佛山,乃至震动了广东。

原告的律师张翊说:"我敬佩黄法官,在一个关键的时间点,她的判决推动了国家法制的进步。"

有人问黄学军,你当时怎么就敢那样判?她带着一丝腼腆,声音不高地说:

　　　作为一个法官,我追求的不仅仅是法律程
　序的公正,我更追求事实的公正。公平正义是法律的灵魂，也是一个法官一生都应该追寻的最高境界！

2005 年 10 月的一天，佛山中院审判楼前一片骚动，高位瘫痪的一位江西籍女子，被年过 6 旬的父亲用轮椅推进了审判庭。

案件发生在三年前的一天深夜，在佛山一家饭店做服务员的这位女子，骑摩托车下班回家途中发生交通事故，造成下肢瘫痪。车祸发生后，饭店老板陆续承担了一些医疗费，后来就没有再支付任何费用。这位女子是一个单亲妈妈，有一个 12 岁的孩子需要抚养，日子过得非常艰难。

于是，她到法院起诉，要求饭店承担赔偿责任。由于她的诉讼已经超过了劳动仲裁申诉时效，一审法院驳回了其起诉。她又上诉至佛山中级人民法院。

黄学军想："我不能无视当事人的苦楚，以简单的法律条文为由，拒绝当事人的求助，简单结案了事。"她决定化解这起纠纷。

当天晚上，黄学军拨通了饭店老板的电话，可是话没说完，就遭到了老板的拒绝。

黄学军说："从法律的角度看，李敏可能是得不到法律的救济了。可是从道义的角度讲，她毕竟为你工作了这么久，一个弱女子到了这样的地步，她的未来谁买单？请你好好想想！"

第二天 20 时，黄学军下班后匆匆到旅店看望这位女子后，又找到饭店老板，依然是苦口婆心。

23 时，饭店老板最终说出了心里的话："我的律师给我说了，本来这个案子依照法律可以维持原判，你们跟她一不沾亲二不带故，法槌一敲省了多少麻烦。可你们没日没夜地跑来跑去，不就是为了当事人，为了社会的和谐。黄法官，我赔 3 万！"

随着法槌敲响的次数越多，黄学军感觉身上的担子就越重。同时，在任长霞事迹的感召下，这位女法官更是不舍地诠释公平，匡扶正义，让手中的法槌永远敲响正义与和谐之音。

消防战士身体力行学英雄

2004年6月13日，中央政法委员会发出开展向任长霞同志学习的通知。

任长霞的事迹感染着消防战士金春明，他是辽宁省本溪市公安消防支队的一名战士，他所在的中队曾因成功扑灭"3·11"火灾而被授予"敢打硬仗的消防部队"荣誉称号。

那还是2004年3月11日，刺耳的警笛声划破了本溪市的夜空。

本溪市化学双氧水有限责任公司生产车间发生火灾。大火很快吞噬了包括这个车间在内的整幢四层大楼，来不及逃离的8名职工被困火海。

楼内不时传来爆炸声，被炸碎的铁屑、玻璃等飞向四面八方。距烈焰翻腾的大楼六七米处，就是10多米高的5个煤气储罐和1个氢气储罐，不远处还有一个通过管道与这些储罐相连、供应全市用气的5万立方米的巨型储罐。

这些庞然大物一旦被引燃爆炸，后果不堪设想！

大批消防官兵、公安民警迅速赶到了火场，金春明所在的本溪市消防支队特勤中队首先冲入了火海。得知起火车间有人还没撤离，金春明带领战友迅速登楼，把7

名职工转移到了地面安全地带。

这时又有一名女工从烟雾弥漫的三楼窗口探出身体呼救。

金春明毫不犹豫，率两名战士扛起 9 米拉梯冲了上去。他施展在大练兵活动中练就的过硬本领，只用了 10 多秒就跃上了三楼。就在他搀扶着女工下到地面的一瞬间，车间内再次发生猛烈爆燃，烈焰冲出了窗口，一下子烧毁了来不及被取回的拉梯……

经过 300 多名消防官兵 3 个多小时的艰苦奋战，这场大火终于被扑灭了，方圆 10 多平方公里、数万群众的生命财产保住了！

金春明记不得这是第几次冲入火海救人。作为一名年轻的消防战士、共产党员，他时刻忠实地履行着自己的誓言：

为了党和人民的利益，永远冲锋在前、奉献一切。

在任长霞英雄事迹的感召下，金春明更是身体力行地做着自己的本职工作，为党为人民贡献着自己的一切。

本书主要参考资料

《向任长霞同志学习》本书编写组 中共党史出版社

《任长霞的故事》宇培 柠栎编著 人民出版社

《任长霞》中共中央宣传部新闻局 公安部宣传局 全
　　国妇联宣传部编 群众出版社

《公安局长的榜样任长霞》荣欣 刘丛德主编 河南人
　　民出版社

《心碑——英雄任长霞》中共登封市委宣传部 上海
　　市希望工程办公室主编 上海交通大学出版社